KB179409

빼앗긴 제국

우리가 기억해야 할 수난의 역사

빼앗긴 제국

2023년 12월 19일 1판 1쇄 인쇄 / 2023년 12월 28일 1판 1쇄 발행

지은이 신동규 / 펴낸이 임은주
펴낸곳 도서출판 청동거울 / 출판등록 1998년 5월 14일 제2023-000034호
주소 (12284) 경기도 남양주시 다산지금로 202(현대테라타워 DIMC) B동 317호
전화 031) 560-9810 / 팩스 031) 560-9811
전자우편 treefrog2003@hanmail.net / 네이버블로그 청동거울출판사

북디자인 서강
출력 우일프린테크 | 인쇄 하정문화사 | 제책 정성문화사

Deprived Empire
Written by Shin Dongkyu.
Text Copyright ⓒ 2023 Shin Dongkyu.
All righsts reserved.
First published in Korea in 2023 by CheongDongKeoWool Publishing Co.
Printed in Korea.

ISBN 978-89-5749-232-1 (03810)

이 작품은 장흥문화원 〈2023 한국문학특구포럼〉 창작지원금을 지원받아 발간하였습니다.

신동규 장편다큐소설

빼앗긴 제국

우리가 기억해야 할 수난의 역사

정동북

| 차례 |

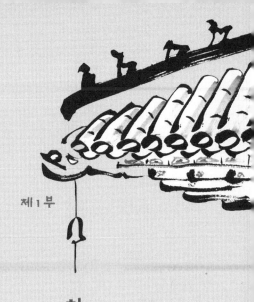

제1부

한일 역사 전쟁

상대를 알고 나를 알면 이길 수 있다

　우연히도 귀향하는 고속열차 안에서 B를 만났다. B는 소싯적 동문수학했던 죽마고우였다. 우리 두 사람은 고등학교까지를 고향에서 보냈는데 대학에 진학하면서 길이 갈리게 되었다. 중국 대륙의 미래를 크게 본 나는 서울의 S대 중어중문학과를 택했고 B는 아직까지는 일본이라며 서울 Y대의 일어일문학과를 택했기 때문이었다. 지금도 향리에 연고가 있는 것하며 은퇴하여 명예교수로 지내는 점 또한 닮은 점이었다. 1년에 한두 번 정도는 만나는 처지였다.

　"오랜만이야."

　"그간 별고 없었지?"

수인사를 나눈 우리는 함께 자리했다. 수행이 없고 좌석 역시 지근이어서 옆자리 승객의 배려로 합석할 수 있어서 다행이었다. 자리에 앉자마자 신문을 펼쳤더니 신문 지상은 요즘 현안이 된 한일 양국 간의 각종 이슈로 도배되어 있었다. 양국 정상의 회동 얘기가 1면 머릿기사였다. 기사를 읽다 말고 내가 말했다.

"신오적이 등장하고 이완용이 환생하는 여론이고 보면 현안 해결은 분명 쉬운 일은 아닐 것 같네. 일제강점기에 자행한 한국인 강제 동원, 위안부 문제, 독도 영유권 다툼, 후쿠시마 원전 오염수 방출이며, 후쿠시마산 수산물 구매 요청 등 예민한 사안까지 첩첩산중이거든."

"왜 기분 잡치게 골치 아픈 얘기를 하는 거야?"

온 국민적인 사건이므로 의당 관심을 보일 것으로 예상하였으나 B의 반응은 적극적이지 않고 미지근하기만 했다. 속담에 '팔은 안으로 굽는다 했던가?' 나는 이번을 기회 삼아 일본에서 공부한 전력이 있는 B의 속내를 한번 들여다보고 싶었다. 국가 생성 이래 계속 앙숙 관계로 지속되어온 한일 두 나라의 관계에 대해서 일본에서 공부한 그가 과연 어떤 생각을 갖고 있는지? 한번 테스트해 보고 싶은 생각이 든 것이었다. 나는 그의 심사를 건드리지 않고도 속내를 들여다볼 수 있는 묘안을 찾아 한참 머리를 굴렸다. 이윽고 번개처럼 튀어 오르는 지극히 적합한 화두가 생각났다. 누구나 쉽게 알 수 있는 한자성어 '온고이지신(溫故而知新)'이 그것이었다. '옛 것을 익혀서 새로운 것을 배운다', 즉 '지난 역사를 배워서 그 장단점을 파악하고 현실에서 이 점을 귀감 삼는다'는 뜻의 어구를 생각해 낸 것이었다.

"이보게 친구! 무료도 달랠 겸 온고이지신의 차원에서 오늘의 현실을 화제로 삼으면 어떻겠나?."

내 제안에 그는 예상 밖으로 지체 없는 반응을 보였다.

"그래 볼까. 온고이신도 좋지만, 지피지기백전불태(知彼知己百戰 不殆)는 어떤가? 적을 알고 나를 알면 절대로 위태롭지 않다는."

"그게 바로 오십 보 백 보 아닌가. 그럼 내가 먼저 얘기를 시작해 볼까?"

"좋을 대로 하시게."

"이해해 주어서 고맙네. 최근에 유홍준 선생의 글을 읽었는데 무척 감명이 깊었네. 가슴 깊이 와닿더라고, 그 내용을 한번 들어 보시려나?"

"그러세나."

〈조선(朝鮮)과 일본(日本) 두 나라의 국호는 전혀 다른 글자처럼 보이지만, '아침에 빛나다'는 조선과 '해의 뿌리'라는 일본 모두 '해 뜨는 곳', 즉 '해 뜨는 나라'를 천명한 것이다. 해를 숭상하던 기마민족이 해 뜨는 곳을 찾아 동쪽으로 진출하여 세운 나라가 조선과 일본이니 그 동질성에는 의심이 없다. 2천 년 전 한반도 사람들이 청동기 문명과 벼농사 기술을 가지고 일본으로 건너갈 무렵, 일본에는 원주민 '조몬인'들이 여러 소국을 이루고 있었는데 그들보다 문명의 혜택을 더 입은 반도인들이 바다를 건너가 일본을 세웠다는 것이다. 이러한 역사에서 보듯 우리의 조상이었던 반도인들이 바다를 건너가 일본을 세웠다고 해서 우리가 우쭐댈 일은 아니고, 그렇다고 조몬인의 후손인 일본인들 역시 열등감을 느낄 일도 아니다. 한반도에서 건너간 반도인들은 이후 모든 게 일본화되었고 현재의 한국에 살고 있는 사람들과는 전혀 다르기 때문이다. 흔히 일본의 왕(천황)은 한국계라고도 하고…… 고대에 김해가야인들이 바다를 건너가 왜의 나라를 건국했다고도 하며 백제가 문자와 농경, 직조 방법 등 찬란한 문명을 전해 주는 등 은혜를 베푼 적이 있다고 하지만, 반도인의 후예인 우리의 뇌리에는 왜구의 악랄한 약탈과 시달림 그리고 임진왜란, 구한말 민비시해, 한일병탄 등의 만행으로 35년 간 식민 지배를 당했던 슬픈 기억들이 더 아픈 상처로 남아 있는 것이다. 일본의 면적은 한국의 4배에 가까우며 인구 역시 우리의 두 배 반인데 일의대수(一衣帶水)라 했듯 두 나라는 멀고도 가까운 사이인 것이다. 현재도 한국과 일본은 한일어업협정, 독도문제, 무역 분쟁에다가 깔끔하게 매듭짓지 못한 위안부 및 강제 동원 배상문제로 골치를 앓고 있었는데 최근에는 후쿠시마 원전 오염수 처리 등 현안으로 매일 같이 부딪치는 대상으로 부상돼 있다. 한국과 일본 두 나라는 서로의 역사와 문화가 다르지만 서로를 정확히 알고 난국을 슬기롭게 대처해 21세기 미래를 헤쳐 갈 동반자가 되면 좋겠지만 만일, 그게 여의치 않아 설사 미래에 전쟁을 벌인다고 할지라도 '지피지기면 백전불태'라 했으니 우리가 일본의 모든 것을 알고 있으면 능히 전쟁에서도 이길 수 있다고 본다.〉

"지당하고 의미심장한 글이구만 자네가 감동을 먹을만 하네. 그러니까 자네 생각은 이번 기회에 간특한 일본의 속내를 모조리 까발려 보자 이거 아닌가?"

B가 의외로 당당하게 말하고 있었다.

"미리 알고 이해해주니 고맙기 짝이 없네."

나는 잠시나마 그의 애국심을 시험하려 했던 경박한 행동을 자책하고 있는데,

"이번에도 임나국 얘기가 빠질 수 없겠구만."

B가 웃으면서 말하고 있었다. 고대 한반도 역사 논쟁의 한 축을 차지하는 '임나국'을 화두로 그와 여러 차례 토론을 벌인 바 있었으므로 B는 이 점을 넘겨짚은 듯싶었다. B는 나의 눈빛만 보아도 내 속마음을 알아주는, 백아절현(伯牙絶絃)에 등장하는 백아와 종자기(鍾子期)처럼 지음(知音)이 분명했다.

"귀신이 따로 없구먼. 자네와 나는 전공이 다름으로 자네가 아는 것을 내가 모를 수도 있고, 내가 아는 것을 자네가 모를 수도 있을 터이니 서로 공부하는 셈 치고 주거니 받거니 해보더라구."

"그게 바로 교학상장(敎學相長)의 정신 아닌가."

B는 기꺼이 나의 제안에 동의하였으므로 나는 허심탄회하게 대화를 이끌어 갈 수 있었다.

"고대 일본 역사를 살펴보니 일본 열도는 한국, 중국, 동남아시아 각국 등 다른 국가보다 국가가 뒤늦게 성립되었다는 기록이 있더구먼. 진(秦)에 이어 고조선의 건국이 이루어지고도 한참

후리네. 일본 열도에는 무려 100여 개 국의 소국이 형성되었는데 차츰 줄어 30개 국이 되었고, 이를 하나로 통일한 나라가 야마타 국이라는 거네. 야마타 국은 '히미코'라는 귀도(鬼道)에 능한 여왕이 다스리고 있었는데 그 히미코 여왕은 기원 후 239년에 위에 조공하고 '친위왜왕(親魏倭王)'이라는 칭호를 하사받았다는 기록이 있더구먼. 239년은 중국에서 위(魏)·오(吳)·촉(蜀) 3국이 정립하던 시기이니 연대적으로 맞아 떨어진단 말야. 이해를 돕기 위해 서기(西紀)의 변환점을 알아볼 필요가 있네. 초한(楚漢)대전에서 승리한 유방(劉邦)이 건국한 전한(前漢)과 광무제 유수(劉秀)가 건국한 후한(後漢) 사이에 신(新)나라가 있었거든. 그 신나라의 건국이 바로 기원 전과 기원 후에 걸쳐 있는 거네."

"한(漢)의 외척으로서 전한을 멸하고 왕위에 오른 왕망(王莽)의 이야기인 거지?"

매사에 영특한 B가 참견을 하고 나섰다.

"그렇네. 그 왕망은 1대 15년이라는 단명의 군주였다네."

"세세한 점까지 알고 있는 걸 보니 중국에서 공부한 자네답군. 그건 그렇고, 일본의 역사를 살피자면 거리가 먼 중국보다도 일본과 가장 가까웠던 신라의 역사를 참고하는 게 지름길이 아닐까? 동해안을 여행하다 보면 일본과 연관된 전설들을 곳곳에서 섭렵할 수 있더라고."

B의 의견도 일리는 있었다,

"이사부, 박재상, 연오랑세오녀의 전설들을 말하는 거지? 그러나 그것들은 야사에 불과한 전설일 수도 있어. 차라리 역사에 등장하는 임나국의 존재를 파헤치는 게 더 빠른 방법일 듯싶네."

나는 지금까지도 미궁에 빠진 채 한일 양국의 아전인수 1호격인 임나국(任那國)의 존재를 화두로 삼고 싶었으므로 강한 어조로 B의 제안에 맞섰다. B도 쉽게 물러설 것 같지 않았다.

"자네의 주장대로 임나국 문제를 화두 삼다 보면 우리 측이 결코 유리하지 못하네. 임나국에 관한 기록은 『삼국사기』에 1회, 광개토대왕비문에 1회, 진경대사비문에 1회, 『환단고기』에 4회 등, 한국 사료에는 7회밖에 나오지 않은 반면, 일본의 역사서인 『일본서기(日本書紀)』에는 200여 회 이상 등장하기 때문이네."

일본통인 그가 덧붙이기를,

"그렇다고 미리 기죽지는 말게. 수치상으로 보면 일본 측의 논리가 우세한 것처럼 보이지만 그렇다고 정설은 될 수 없다는 여론이네. 임나는 한반도가 아니라 대마도나 일본 열도에 있었다고 주장하는 일본 학자들도 많아. 양식 있는 일본의 일부 인사들은, 원래 임나는 한반도의 동남부에 있던 왜의 마을인데 금관가야와 낙동강을 사이에 두고 있었으며 고구려와 신라 연합군에 의해 왕성인 '종발성'이 함락되자 대마도로 옮겨 갔다는 논리를 펴고 있네. 『일본서기』에 '임나와 축적국(일본의 옛 이름)의 거리가 2천 리'라는 기록이 있는데 실제로 축적국과 김해 간의 거리가 2천 리인 거라. 그래서 일부 일본 학자들이 그 이론에 목소리를 높이고 있는 것 같네."

B의 말에 고무된 내가 얼른 말을 받았다.

"내가 그들의 황당무계함을 한두 가지 입증해 보이겠네. 가야

국왕 김수로가 왜의 시조이며, 가야에서 신라로 귀화하여 삼국 통일의 대업을 완수한 흥무대왕 김유신 역시 임나 왕족이고, 신라의 대학자 강수도 자기들의 조상이라고 한다네. 김수로와 김유신에 관해서는 이 세상 사람들이 다 알고 있는 사실이지만 강수는 생소한 인물 아닌가. 그는 신라 태종무열왕 때 인물로 중원경 사량부 출신인데 성이 석(釋)씨, 석탈해의 후손인 거네. 한문에 해박하여 당나라에서 보낸 외교 문서를 막힘없이 해독하였다는 일화도 전해 오지 않던가.

최근에 발표한 한국의 한 원로 학자의 논문에 의하면 '임나국은 실제로 한반도 남부가 아니라 일본 대마도에 있었으며 7세기 말까지 한국에 예속된 부족 국가로서 조공까지 하였다'는 기록도 있다는 거라. 또 김수로만 해도『일본서기』에서 '숭신(崇神) 천왕'과 같은 시대 인물로 보고 있는데, '숭신 65년'은 기원전 33년이니 김수로왕이 금관가야를 건국하기 100여 년 전의 시기인 게야. 그 또한 앞뒤가 안 맞는 모순된 얘기라 하네.

그런데도 일본 사람들이 줄곧 엉터리 이론을 내세우며 강경 자세를 취하는 것은 오랜 동안 한반도를 침탈하여 괴롭혔던 자신들의 과오를 고토수복(故土收復) 작전의 일환으로 정당화하려는 의도 때문인 것 같아."

"……."

B가 묵묵히 듣고만 있자 내가 또 말했다.

"저들의 간교함은 끝이 없어. 한문학자 김병기 교수의 증언에 의하면 만주땅 집안시에 있는 광개토대왕의 비문도 날조했다는 거야. 비문의 일부인 〈입공우(入貢于—조공을 바치러 왔다.)〉를 〈도해파(渡海破—바다를 건너와 물리쳤다.)〉라는 글자로 변조했다는 거야"

"그래? 그게 가능한 일이야?"

"정교한 기술의 석공이면 할 수 있대."

지금도 동해안 지방에 전설로 남아 있는 '이사부'의 유적이며 '박재상' '연오랑세오녀'의 흔적을 삼척, 포항, 영일만 등지에서 볼 수 있다. 연대순으로 먼저 연오랑세오녀의 전설부터 섭렵해 본다.

이 설화는 신라 8대 아달라왕 때의 이야기이다. 157년 동해안 바닷가에 살던 연오랑은 바다에 나가 해초를 따는데 갑자기 바위가 움직이는 것이었다. 바위는 바람에 따라 해상을 표류하다가 일본땅으로 건너가게 되었다. 이런 기이한 현상을 목격한 일본 사람들은 연오랑을 귀히 여기어 그들의 왕으로 삼았다. 그의 아내 세오녀는 돌아오지 않는 남편을 찾으러 바닷가에 갔다가 바위 위에 얹어 있는 남편의 신을 발견하였다. 세오녀가 바위에 오르자 바위가 움직이는 것이었다. 움직이는 바위를 타고 일본에 온 세오녀는 남편 연오랑과 해후하였고 이어 왕비가 되었다. 이때, 신라에서는 갑자기 해와 달이 빛을 잃고 세상이 어두컴컴해져 버렸다. 일관이 말하기를 해와 달의 정기가 일본으로 가버렸기 때문이라고 말했다. 신라 왕은 일본에 사자를 보내어 연오랑과 세오녀를 데려오려 하였으나 연오랑은 귀국 대신 세오녀가 짠 고운 비단을 꺼내 주며 이걸로 하늘에 제사를 지내라고 말했다. 신라 왕이 그대로 행하자 해와 달이 돌아와 다시 빛을 찾았다. 이후부터 세오녀가 짠 비단을 넣어둔 자리를 귀비고(貴妃庫), 하늘에 제사 지낸 곳을 영일만(迎日灣)이라고 불렀다 한다. 연오랑 세오녀의 설화이다. 포항시 남구 동해면 임곡리에 그들을 기리는 테마공원이 조성돼 있다.

　다음으로 『삼국유사』에 실린 박재상의 발자취를 더듬는다. 신라 충신 박재상은 신라 17대 내물왕과 18대 눌지왕을 섬긴 인물이었다. 박재상은 어느 날 신라 눌지왕의 부름을 받는다. 고구려와 왜에 붙잡혀 있는 '복호' '미사흔' 두 왕자를 구하라는 엄명이었다. 402년 고구려와 백제 양국의 협공에서 시달리던 신라는 숙적 백제를 견제키 위해 내물왕의 둘째 아들 복호를 고구려에, 셋째 아들 미사흔을 왜국에 보내 군사적인 도움을 받고자 하였다. 그러나 왜와 고구려는 이들 왕자를 인질 삼고 정치적으로 이용하고만 있었다. 내물왕이 죽고 왕위에 오른 눌지왕은 인질로 잡혀 있는 두 아우를 구출하기 위해 박재상에게 명을 내린 것이었다. 왕명을 받은 박재상은 고구려로 가 장수왕을 설득하여 왕의 아우 복호를 무사히 데려다 놓은 다음, 미사흔마저 구출하기 위해 아내의 만류를 무릅쓰고 왜로 갔다. 박재상은 자신을 신라를 배반하고 도망온 신라의 귀족으로 속이고 있었다. 때마침 백제의 사신이 건너와 고구려와 신라가 모의하여 왜를 침략하려 한다고 참언을 하자 크게 노한 왜왕은 인질인 미사흔과 박재상을 향도 삼아 신라를 치려고 하였다. 그 틈새를 노린 박재상은 계교로써 미사흔을 탈출시키는 데 성공하지만 자신은 붙잡히고 말았다. 박재상의 인물됨과 그 충절을 높이 산 왜왕은 그를 신하로 삼고 싶어 협박과 온갖 감언이설과 회유하였다. 그러나 박재상은 '차라리 신라의 개나 돼지가 될지언정 결코 왜의 신하가 될 수 없다'며 끝내 충절을 지켰다. 회유가 불가능하자 왜왕은 그를 불에 태워 죽이는 참형에 처했다. 그의 죽음을 애석히 여긴 신라왕은 그의 벼슬을 대아찬으로 추증하였다. 그리고 세 딸과 더불어 해안 중턱에 올라 바다 건너 일본을 바라다보며 남편이 돌아오기만을 기다리다가 끝내 망부석이 된 그의 아내를 국대부인으로 책봉하는 한편, 둘째 딸을 미사흔의 아내로 삼게 하였다. 박재상을 모시는 사당은 울주군 두동면 만화리에 위치한다.

마지막으로 국민가요 〈독도는 우리 땅〉의 가사에 나오는 신라 장군 이사부의 차례다. 이사부는 신라 22대 지증왕 때 인물이다. 신라 17대 내물왕의 4대 손이 된다. 그는 왕명을 받들어 512년(지증왕 13년)에 우산국(지금의 울릉도)을 정벌하여 신라의 영토로 삼았다. 이사부의 울릉도 정벌은 오늘날 독도가 울릉도의 속도(屬島)임을 입증함으로써 한일 영유권 다툼에서 유리한 고지를 점하게 만든 일등 공신이기도 하다. 이사부는 울릉도 정벌에 크게 기여하는 한편, 화랑 사다함과 함께 명맥만 남은 가야를 신라로 복속시키는 등 혁혁한 공을 세우기도 하였다. 그를 기리는 축제도 있다. 삼척시 주관으로 '삼척 동해왕 이사부 축제'를 매년 12월 9일에 개최하며 이사부사자공원에서 매년 7월 1일부터 8월 말까지 물놀이 공원을 운영 중이다.

왜는 백제와 밀접했다

    예로부터 일본은 인접한 신라보다도 가야제국들과 친하게 지냈으며 삼국시대 때는 백제와 형제국처럼 가깝게 지냈다. 신라와 친하지 않은 까닭은 역사와 전통을 자랑하는 신라는 진한(辰韓)시절부터 '사로국'을 중심으로 탄탄하게 단결되어 있어 외부 세력이 끼어들 틈이 없는 체제였기도 하고, 중국을 통하는 데 있어서 굳이 신라를 거칠 필요가 없기 때문이었다. 또 백제는 바다로 둘러져 있는 터여서 해상술 발전을 공유할 수 있었고 중국에서 수입한 문물을 곧바로 왜에 먼저 전승하였으므로 스승의 나라로 대접받은 영향도 컸다. 그런 까닭으로 왜는 백제가 위기에 처했을 때마다 아낌없는 지원을 하였다. 훗날 의자왕 때 백제가 나당연합군과 맞설 때도 적극 지원하였고 백제 멸망 후에는 왜에 유학 중인 왕자 부여풍을 백제로 보내 후계를 잇게 하였다. 병력과 병선을 지원하는 등 발 벗고 나섰지만 백제 부흥군 내부의 알력으로 실패로 끝나고 말았다.

왜의 정신적인 지주는 백제의 학자 '왕인(王仁)'이었다. 왕인은 5세기 초 중국에서 배워 온 천자문을 비롯한 여러 선진 문물을 일본에 전수하여 고대 '아스카 문화'를 꽃피우게 한 장본인이었다. 왕인은 375년 백제 14대 근구수왕 때 영암군 군서면 구림리에서 태어났다. 8세 때 문산재에 입문, 학문을 배웠고 18세 때 오경박사에 등용되었으며 32세 때 일본국의 초청으로 도일, 태자의 사부 겸 정치 고문 역할을 하였다. 백제는 왜국에 불교도 전파하였는데 26대 성왕 때의 일이었다. 『일본서기』 '흠명' 13조(552년)에 백제의 성왕이 사신을 보내 금동석가불 1구와 번(불교에서 쓰는 깃발)과 불경 천여 권을 보냈다는 기록이 있다.

나당연합군에게 백제가 멸망하자마자 백제의 유신 복신과 승려 도침은 백제 부흥운동(660-663)을 벌이게 된다. 마침 의자왕의 아들 부여풍이 왜에 있었으므로 부여풍을 모셔와 왕으로 삼았다. 백제 부흥 세력은 주류성(서천군)을 근거지 삼아 나당연합군과 대치하며 승기를 잡기도 하였으나 지휘부의 알력으로 인해 심각한 내홍의 위기를 맞고 있었다. 욕심 많은 복신이 부흥운동 성공 후 권력을 독차지하려는 욕심으로 정적 도침을 살해한 것이었다. 떡도 익기 전에 김칫국 먼저 마시는 꼴이었다. 위기에 처한 풍왕은 왜국에 원조를 요청하는 한편, 도침을 죽인 복신을 붙잡아 역모죄로 처형하였다. 이 정변으로 백제 부흥운동의 앞날은 요원해져 버렸다.

임존성(예산 대흥)을 근거지로 부흥운동을 펼치던 또 다른 부흥 세력이 있었다. 백제의 유장 흑치상지였다. 그는 정변을 목격하고 고민에 빠질 수밖에 없었다. 힘을 모아도 어려운 판국인데 정변이 일어났으니 기가 막힐 수밖에. 그의 나이 34세. 그때, 당나라 장수 유인궤로부터 귀순하면 크게 등용하겠다는 제의가 있었다. 막강한 나당연합군을 당해낼 재간이 없다고 판단한 흑치상지는 결국 항복의 길을 택하고 말았다.

이런 상황에서 부랴부랴 백강 어귀에 도착한 왜의 지원군은 장거리 항해에 지쳐 있는 데다가 잠복 중인 당나라 군사의 화공 작전에 말려들어 크게 패하고 말았다. 백제 부흥운동은 그렇게 허무하게 막을 내리고 만 것이었다. 당나라 장군이 된 흑치상지는 후일 고구려 유장 고선지 장군과 함께 서역 개척에 크게 공헌하여 중국 역사에 찬란한 족적을 남겼다. 한편, 고구려로 망명한 백제의 풍왕은 668년 고구려가 멸망하자 당나라로 끌려갔고 그후의 행적은 알 수 없다 한다.

백제·고구려의 멸망 후 견훤과 궁예가 망국의 명맥을 잇고자 양국의 고토에 후백제와 후고구려, 즉 태봉국을 건국하였고, 고구려의 옛 땅인 만주에는 고구려 유장 대조영이 발해를 건국했다. 발해는 15대 대인선왕 때 북방의 유목 민족인 거란족의 아율

아보기에 의해 멸망할 때까지 굳건한 토대를 구축하였지만 역사의 물결은 어쩌지 못했다. 거란은 요(遼)나라로 국호를 정하고 중원으로 세력을 넓혀 갔다.

신라 왕족으로서 철원 지방을 근거지 삼아 태봉국을 건국한 궁예는 초년에는 현군이었으나 말년에 광기가 들어 미륵사상과 관심법으로 정사를 망치고 있었다. 왕후를 의심하여 죽이고 왕자까지 살해하는 등 완전히 이성을 상실하고 말았다. 이를 보다 못한 장군 신숭겸, 배현경, 복지겸, 홍유 등 4태사가 들고 일어나 궁예를 축출하고 시중이었던 왕건을 새 임금으로 옹립하였다. 왕위에 오른 왕건은 국호를 고려로 정하고 태조가 되었다. 왕건은 신라를 복속시키고 견훤과 신검 부자간의 반목으로 패망을 자초한 후백제를 공략하여 마침내 한반도를 통일하였다.

중원에도 큰 변화가 있었다. 960년에 후주의 절도사였던 조광윤이 어린 황제가 지배하는 후주를 멸망시키고 새롭게 송나라를 건국한 것이었다. 이처럼 동북아에는 건국 연대가 비슷한 여러 나라들이 정립하여 세력 다툼에 영일이 없었다. 맨 먼저 동북아의 평화를 깨뜨린 것은 거란이었다. 호전적인 요나라는 북경까지 진출하여 송나라를 겁박하기에 이르렀다. 이에 위급을 느낀 송나라는 먼 남쪽 양자강 유역으로 천도하고 말았다. 역사에서는 천도 이전의 송나라는 '북송'으로 천도 이후의 송나라는 '남송'으로 호칭한다.

중국 대륙의 북부를 거의 석권한 거란은 축적된 잉여 전력을 소모할 묘책에 골몰하였다. 만만한 게 이웃나라 고려였다. 때마침 고려에 정변이 있었다. 6대 성종이 죽고 어린 아들 목종이 7대 왕위에 오르자 모후인 천추태후가 섭정을 하였다. 천추태후는 당시 정권을 거머쥔 외척 김치양과 염문을 뿌리고 있었다. 김치양과 놀아난 천추태후는 친아들인 목종을 제거할 기회를 엿보고 있었다. 중병으로 죽음을 예견한 목종이었지만 이러한 두 사람의 계략을 모를 리 없었다. 왕실 보존을 위하자면 후계자로 점찍은 내강원군에게 양위를 하는 게 상책이라 여긴 목종은 은밀하게 서북면도순검사 강조에게 김치양을 제거하라는 밀령을 내렸다. 그러나 어명으로 도성에 들이닥친 강조는 국정을 농단하던 김치양을 죽이고 천추태후를 폐위시킨 다음 목종마저 귀양 보내 시해하는 불충을 저지르고 말았다. 목종까지 내친 강조는 대량원군을 옹립하여 왕을 삼았는데 이분이 바로 고려 8대 왕 현종이다.

그런데 이 정변은 호시탐탐 고려 침략의 구실을 찾고 있던 거란에게 호재가 되었다. 거란의 성종은 '신하가 임금을 죽였으므로 이는 불충이다. 내 기꺼이 응징하겠다.'는 명분으로 40만 대병을 이끌고 고려를 침공하였는데 그게 거란의 2차 침공이었다. 고려군을 이끌던 강조가 패하여 죽임을 당하고 개경도 함락되자 현종은 전라도 나주까지 몽진하였고, 고려 조정에서는 국왕의 친조와 강동 6주를 반환하는 조건으로 강화를 체결해 겨우 국난을 수습할 수 있었다. 이전에 거란의 1차 침공이 있었지만 서희의 외교 수완으로 싸움 없이 수습할 수 있었고, 거란의 3차 침공은 귀주 전투에서 대승을 거둔 강감찬의 분전으로 막아낼 수 있었다. 그후로도 거란의 침공은 6차까지 진행되어 고려를 못살게 굴었다. 이를 막아내느라 고려는 진땀을 빼야만 했고 거란 역시 국력의 낭비로 쇠퇴하다가 벼랑 끝에 몰리는 신세가 되고 말았다. 신흥 세력으로 부상한 여진족이 금나라를 건국하고 거란(요나라)을 핍박했기 때문이었다.

한편, 남쪽으로 도읍을 옮긴 남송은 비호전적이고 문치에 치중하는 신사적인 나라여서 동북아 일대는 한동안 이렇다 할 전쟁이 없이 평화가 계속되었다. 송나라 시절에는 유학과 문학이 크게 발전하였다. 특히 문학 분야가 그랬다. 중국 문학의 백미라는 당송 8대가 중에서 당나라 시절의 문인인 한유, 유종원을 제외한 6명 소순, 소식, 소철 3부자와 구양수, 왕안석, 증공은 모두 송나라 사람이었다. 역사적으로 볼 때 중국 왕조 중에서 남의 나라를 침공하지 않고 나라를 경영한 국가는 오로지 송나라뿐이었다.

전쟁이 없게 되자, 고려의 군사들은 쓸모가 없어지고 나태해지기 시작하였다. 병장기는 녹슬고 용도 패기 상태가 된 군사들은 찬밥 신세가 되었다. 전선을 누비던 용맹한 고려의 무장들은 문신들이 놀이하는 잔치 장소로 차출되어 경비 서기에 바빴고 술 취한 문신들로부터 뺨을 맞는 등 멸시당하기 일쑤였다. 이러한 무인 천시 사상은 18대 의종 때 정중부의 무신 반란으로 귀결되고 말았다. 하루아침에 집권 세력으로 부상한 무신들은 서로가 서로를 잡아먹는 약육강식의 정변으로 세월을 보내고 있었다. 정중부, 이고, 이의방, 이의민, 경대승, 최충헌으로 이어지는 무신정권은 최충헌 집권 무렵부터 비로소 안정되었지만 최우, 최의, 최항 4대까지 세습되다가 몽골족인 원나라의 침략으로 고려의 사직과 함께 몰락하고 말았다. 1백 년 동안이나 원나라의 식민지로 또, 부마국으로 전락한 슬픈 역사를 간직하게 되었다.

몽골의 고려 침공과 여몽연합군의 일본 정벌

　유목 민족인 몽골족의 족장 테무친(칭기즈 칸)은 아세아 전역은 물론 유럽으로의 교두보 이스탄불까지 진출하는 기세를 올렸다. 역사가들은 이 사건을 가리켜 아시아 민족으로서는 처음이자 마지막인 동력서진(東力西進)의 쾌거라고 칭송해 마지않았다. 칭기즈 칸의 뒤를 이은 쿠빌라이 칸은 중국 북부의 금나라는 물론 남송까지 정복하였다. 몽골은 북경에 도읍을 정하고 국호를 '원'으로 정했다. 넘쳐나는 국력을 주체하지 못하고 있던 호전적인 몽골은 고려와 일본까지 먹어 치울 요량으로 고려를 침공하였다.

　제24대 원종과 최씨의 무신정권은 강화도로 도읍을 옮긴 후 팔만대장경을 제작, 불심에 의존하는 한편 최씨 정권의 사병이

자 특수부대인 삼별초의 용전을 기대하고 있었다. 해전에 익숙하지 못해 강화도를 쉽게 넘보지 못할 것으로만 여겼던 몽골군은 예상을 뒤엎고 쉽게 도강하여 강화도를 함락했다. 고려 왕은 원나라에 항복하고 최씨 무신정권도 종말을 고하고 말았다. 마지막 보루였던 삼별초는 잠시 진도에 머물다가 제주도로 옮겨갔지만 바다를 건너온 여몽연합군에게 도륙되어 역사의 뒤안길로 사라져버렸다.

원나라는 개성에 '정동행성(征東行中書省)'이라는 통치기관을 두고 고려를 다스리는 한편, 일본 정벌에 전념하고 있었다. 고려는 25대 충렬왕 때부터 31대 공민왕 때까지 원나라 공주를 왕후로 맞이하지 않으면 안 되었다. 몽골의 쿠빌라이 칸은 일본 점령의 임무를 몽골 장수 홍다구와 고려 장군 김방경에게 맡겼다. 두 장수가 주축이 된 여몽연합군은 그 준비에 박차를 가했다. 몽골의 일본 정벌 때 남해안 거점 고을인 장흥부는 한몫을 단단히 하였다. 관내인 남해안 포구 곳곳에 선박 건조 공장을 건립한 후 천관산과 부안 변산반도에서 조달한 목재로 군선을 건조하였다. 만반의 준비를 마친 여몽연합군은 1272년 10월 5일 출정하였는데 그 규모는 대선 33척, 소선 600척 등 도합 900척의 함선에 병력은 몽골군 2만 5천 명, 고려군 1만 4천이었다.

원정군은 쓰시마(대마도) 섬에 상륙하여 도주를 죽이고 여세를 몰아 이끼섬을 거쳐 구슈의 하카다(후쿠오카)를 공격했다. 원정군은 승승장구 승리를 눈앞에 두었다. 원정군은 10월 14일부터 충분한 휴식을 취한 후 10월 19일 히츠메 서부 해안으로 진격, 교두보를 확보하였으나 밤이 되자 지상에 진을 치지 못하고 선박으로 후퇴하여 밤을 보내야만 했다. 그 까닭은 왜군의 야습을 두려워했기 때문이었다. 그런데 야속하게도 10월 20일 새벽에 갑자기 태풍이 불어닥친 거였다. 지금도 가미카제라 불리는 210일 태풍이었다. 병선은 모두 박살나 침몰하고 배 안에 잠들어 있던 여몽연합군은 전멸하고 말았다. 몽골의 1차 일본 정벌은 210일 태풍, 즉 신풍(神風) 때문에 실패하고 말았던 것이다.

신풍의 위력으로 혼쭐이 났음에도 몽골은 그 미련을 버리지 못하고 1281년 5월 21일 또다시 2차 일본 정벌에 나섰다. 이번에는 계절풍의 영향을 받지 않는 5월을 택했다. 병력은 몽골군 3만 명, 고려군 2만 7천 명, 도합 5만 7천 명의 대군이었다. 규슈(九州)에 상륙하여 그해 7월 7일까지 50여 일 동안 전투를 벌였으나 그동안 방비를 튼튼히 한 왜의 강력한 저항으로 쉽게 성공하지 못하고 종내는 빈손으로 철수하고 말았다.

여몽연합군의 두 차례 일본 정벌은 한민족 역사상 처음이자 마지막으로 일본을 선제공격하는 역사적인 사건이 되었다. 이후로 한반도 세력은 다시는 일본 땅을 밟아보지도 못한 채 속절없이 당했을 뿐만 아니라 종내는 나라를 빼앗기고만 슬픈 역사를 간직하게 되었던 것이다.

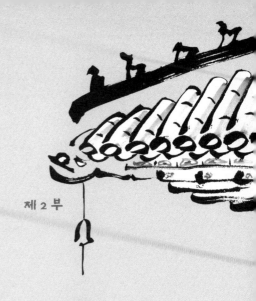

제 2 부

왜
구
의

침
략

왜구의 발호

　고려 말 왜구(倭寇)는 극성을 부렸다. 일본의 남북조시대 (1333~1392) 때 남조에 충성한 규슈지역의 사무라이 세력들이 군 량 확보를 위해 원나라의 세력이 약해진 틈을 노려 발호한 것이 었다. 고려의 입장에서 보면 1백 년 동안이나 몽골의 지배를 받 다가 겨우 한숨 돌리려는 데 뜻밖의 강적이 나타난 것이었다. 남 해안 일대는 왜구의 독무대가 되었다. 정규군이나 다름없는 왜 구를 관군도 막아내지 못했다.

　1350년부터 시작된 왜구의 노략질은 34대 공양왕 때까지 장 장 40여 년에 걸쳐 자행되었다. 왜구는 고려 조정이 세곡미로 쌓 아 두었던 조창(漕倉)과 이를 운반하는 세운선(稅運船)을 타깃 삼았다. 한 가지 웃기는 일은 31대 공민왕 원년 윤 3월에 도성에 계엄령이 선포되었는데 국가 변란 때문이 아니라 인천 교동도에 침입한 한낱 왜구 때문이었다는 것이다. 왜구의 발호가 고려 멸망의 한 원인이 되었다는 설이 허구는 아니었던 것이다.

그런데 왜? 왜구라 하였을까? 광개토대왕 비문에 기록된 왜구대궤(倭寇大潰 : 왜구를 크게 궤멸시켰나)에서 비롯되었다는 설도 있고, 고려사에 기록된 1223년 왜구금주(倭寇金洲 : 왜구가 금주를 침략했다)라는 기록에서 기인한다는 설도 있다.

일본은 고대로부터 농사 지을 땅이 적고 인구 증가는 폭발적이었기 때문에 이를 해결하기 위해 약탈 범죄가 발달하였다. 당시 왜구의 구성원을 살펴보면 규슈 거주 일본인들이 대부분이었는데 주요 근거지는 대마도, 송포, 이끼 일대였다. 잦은 지진과 해일로 인해 경제 기반이 무너지자 인근 국가에 진출하여 약탈을 일삼는 도적이 되었다. 왜구는 무리를 지어 한반도, 중국, 동남아 각지에 출몰하였다. 그들은 남북조 전란 때 다이묘(일본의 봉건 영주)의 사병이 되어 용병으로 참여했던 터라 정규군 수준을 유지하고 있었다.

그들의 노략질은 주로 한반도의 남해안 일대에서 자행되었다. 32대 우왕 재위 시절이 가장 극심했다. 조정에서는 해안가 30리 안에는 사람이 살지 못하도록 모든 백성을 소개 조치하기에 이르렀다. 왜구는 더욱 기승을 부려 내륙 깊숙한 곳까지 침입하였다. 내륙지방도 안심할 수 없는 지경에 이르게 된 것이었다. 남해안에 산재한 각 고을의 수령들은 그들의 치소(행정사무를 맡아 보는 기관이 있는 곳)를 내륙 깊숙한 산성으로 옮기고 백성들은 은신처로 도피케 하였다. 내 고장 장흥부의 경우도 그랬다. 치소를 나주의 봉황면으로 옮겼다는 기록이 역사에 남아 있다.

고려 조정에서는 장군 이성계를 앞세워 왜구 소탕 작전에 들어갔다. 이성계는 파죽지세로 내륙 깊숙한 곳까지 출몰한 왜구의 두목 아지발도와 지리산 기슭 운봉의 황산에서 조우하였다. 아지발도는 온몸을 철갑으로 무장하였으므로 공격하기 어려웠다. 천하 명궁 이성계도 어찌할 수 없었다. 그는 기지를 발휘하여 아지발도가 하품을 하는 순간을 노렸다. 과연! 적장이 하품을 하는 것이었다. 때는 이때다! 명궁 이성계의 화살은 아치발도의 목구멍을 관통하였다. 장수를 잃은 왜구는 한반도에서 발을 뺐다.

이성계의 활약으로 왜구는 한반도에서 자취를 감추었고 그 공로로 이성계는 훗날 역성지변(易姓之變)의 명분과 실리를 확보할 수 있었다. 역설적이긴 하지만, 왜구의 발호는 고려군의 군비 확장 계기가 되어 최무선이 화약을 발명하는 등 약간의 소득도 있었다.

이성계는 고려 사직을 무너뜨리고 새로운 왕조를 세웠다. 바로 조선이었다. 잠시 뜸하던 왜구의 발호는 조선조에 들어와서도 계속되었다. 1419년 세종 1년에 왜구가 침범하자 조선 조정에서는 이종무를 삼도도절제사 삼아 왜구의 응징에 나섰다.

그해 6월 19일 전함 227척, 군사 1만 7천의 병력으로 왜구의 본거지인 대마도로 출정했다. 공격 열흘 만에 대마도주의 항복을 받아내 조공을 받기로 약속하고 포로가 된 조선 사람들은 물론 명나라 사람도 구출하여 철수하였다.

조선 조정에서는 강온 양면 작전을 구사하였다. 1420년에는 대마도주의 간청을 받아들여 통상의 길을 터 주었고 1426년에는 내이포(제포. 진해), 부산포, 염포(울산) 등 3포를 개항하였다. 1443년 계해년에 계약을 체결, 세견선 50척, 세사미두 200석으로 무역을 허락하였다.

이러한 세종의 정책 때문에 14세기부터 지속되어 오던 왜구의 침입은 3포 왜란이 발생하기 전까지 100여 년 동안 소강 상태를 보였다. 3포 왜란은 중종 5년(1510년)에 발생하였는데 정규전에 버금가는 커다란 변란이었다. 1512년에 맺은 임신조약, 1544년에 발생한 사량진왜변, 1555년 발생한 을묘왜변은 그로부터 반세기 후(1592년)에 발발한 임진왜란의 전조였던 것이다.

3포의 왜란

세종은 1426년 3포를 개방하면서 왜인의 교역을 담당하는 왜
관을 설치했다. 조건을 붙여 왜인 60명에 한하여 상주토록 하였
다. '거주왜인'이라 불리는 이들에게는 제한적으로 문물을 교역
할 수 있는 권한을 부여했다. 3포의 거류민은 갈수록 증가하여
15세기 말에는 그 숫자가 3천 명으로 늘어났다. 조선 조정에서
는 당초 허가한 한도를 초과한 숫자만큼 왜인의 퇴거를 요구하
는 한편 3포로 들어오는 세견선을 엄히 감시하였다. 이즈음 부
산 첨사 이우증이 왜인을 불러 매를 때린 사건이 발생했다. 그러
잖아도 조선 정부의 방침에 불만을 품고 있던 거류왜인들은 이
사건을 핑계 삼아 난동을 일으켰다. 이 사건을 3포 왜란이라 칭

하는데 경오년에 발생했다 해서 '경오년의 난'이라고도 부른다. 당시 내이포(진해)에 거주하던 왜인의 우두머리는 대조마노와 노고수장이었다. 그들은 병선 100척에 갑옷, 칼, 방패 등으로 무장한 왜인 4~5천 명을 이끌고 와 성을 공격했다. 많은 사상자가 나오고 섬 주변의 민가들은 모두 불탔다.

나중에 치죄 과정에서 조선 관리가 그들에게 난을 일으킨 이유를 묻자, "부산포 첨사는 소금을 만들고 기와를 구우면서 땔감을 바치라고 독촉하고, 웅천 현감은 왜인들의 상업 활동을 금하고 급료를 제때에 주지 않았다. 또 제포 첨사는 고기잡이를 허락해 주지 않으면서 왜인 4명을 살해했다."는 등 얼토당토 않는 궤변을 늘어놓았다.

난동 왜인들은 제포와 부산포를 잇달아 함락시키고 웅천을 공격하여 경상도 해안 일대에 극심한 피해를 입혔다. 부산 첨사 이우증이 살해되고 제포 첨사 김세균이 납치되었다. 게다가 조선 군사 270명이 죽고 800여 호의 민가가 피해를 입었다. 경상우도 관찰사는 급박한 사정을 조정에 보고했다. 조정에서는 황형과 유담년을 경상좌우도방어사로 삼아 난동 왜인들을 제압하고 3포에 거주하는 모든 왜인들을 대마도로 돌려보냈다. 이 전투로 왜인 190명이 죽고 왜선 5척이 격침되었다. 이어 3포가 폐쇄되고 양국의 통상은 중단되었다.

통상의 길이 막히자 일본의 아시카가 막부와 대마도주는 조선 조정에 무역 재개를 간청하면서 난동의 주동자를 처형하여 그

목을 바치고 조선인 포로를 돌려보냈다. 이에 중종은 아량을 베풀어 왜란 2년 후인 1512년(임신년)에 임신조약을 맺고 교역을 다시 허락했다. 조건으로 세견선을 50척에서 25척으로 줄이고 세사미두 역시 200석에서 100석으로 줄이며 왜인의 3포 거주를 금하고 제포만 개항하도록 했다. 또 한양으로 가는 왜인은 국왕의 사신을 제외하고는 도검 소지를 금하도록 조치했다.

하지만 그후에도 왜인의 약탈 행위는 계속되었다. 1522년과 1529년에 추자도와 동래, 전라도에서 일어난 왜변이 그것이었다. 1544년에는 왜선 20척이 사량도 일대에서 약탈과 노략질을 일삼았다. 이에 조정에서는 임신조약을 파기하고 왜인의 내왕을 완전히 금지시켰다. 대마도주가 또다시 사죄하며 통교 재개를 간청하자 조선은 1547년 이를 또다시 받아들이고 정미약조를 체결했다. 조건으로, 국왕이 보낸 사신의 통교만 허용하며 세견선은 대선 9척, 소선 8척으로 제한, 선상 집물 불허, 가덕도 서쪽 지역에 접근한 자는 왜적으로 규정하며 이 같은 조항을 어기면 엄히 처벌한다는 벌칙 조항도 두었지만 왜인의 약탈 행위는 계속되었다.

당시 일본 전역은 전국시대를 맞아 혼란을 겪고 있었기 때문에 일본 정부 차원에서의 왜구의 통제는 불가능한 상태였다. 왜구는 조선뿐만 아니라 명나라 해안 지역과 동남아까지 공략, 미곡과 물자를 털어 갔다. 명종 10년(1555년) 을묘년 5월에 왜인들은 선박 70척을 이끌고 전남 연안의 달량포에 상륙했다. 왜구는 달량포와 영암을 점령한 후 어란포, 장흥, 강진, 진도 등 각지를 횡행하며 사람을 죽이고 재물을 빼앗는 등 만행을 일삼았다. 토벌에 나선 전라도 병마절도사 원적과 장흥부사 한온이 전사하고 영암군수 이덕견이 포로로 잡히는 등 오히려 관군이 대패하고 말았다. 조정에서는 호조판서 이준경을 전라도순찰사, 김경석, 남치훈을 각각 방어사로 임명해 왜구를 토벌하도록 했다. 왜구는 영암에서 물러났다. 5개월 후 내마도주는 이번에도 을묘사변의 주동자를 처형, 그 목을 보내 사죄하고 세견선 증선을 요청했다.

당파 싸움에 여념이 없고 자존심 또한 내팽개친 조선 조정은 벨도 없는지 이를 받아들이고 생필품과 식량 외에 세견선 5척으로 통상을 제한적으로 허용했다. 그러나 이 통상은 대마도주와의 관계 개선일 뿐, 정작 조선과 일본 중앙 정부 간의 통상적인 외교는 을묘사변 이후 단절되고 있었다. 이후에도 왜인들의 침탈은 계속되었고, 일본 전국을 통일한 도요토미 히데요시(豊臣秀吉)는 호시탐탐 조선 침략을 위해 본격적인 전쟁 준비에 돌입하고 있었다.

역사에 기록된 섬나라 왜의 간특한 소행을 살펴본 우리 두 사람은 한동안 치를 떨며 말을 잇지 못했다. 상투적인 그들의 거짓말에 번번이 속으면서도 매번 끌려 다니기만 했던 조선 조정의 나약함은 물론 오늘날까지도 그 버릇을 버리지 못하고 일본을 감싸고 도는 세력들이 존재한다는 사실에 경악하였다. 이미 지나가 버린 되돌릴 수 없는 서글픈 역사였다.

우리가 비분강개하는 동안 광명발 목포행 고속열차는 목적지인 송정역에 당도했다. 역에서 내려 출구로 나오자 귀농한 막내아들이 200여 리의 거리를 승용차로 마중 나와 있었다. 차편을 마련하지 못한 B는 나와 동승하기로 하였으므로 못다한 임진왜란 이후 국권 상실 때까지의 이야기는 차중에서 나눠야 할 것 같았다.

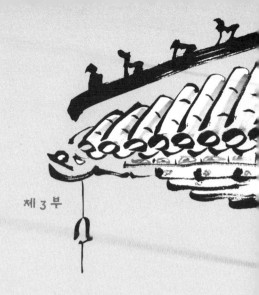

제 3 부

왜란에서 호란까지

임진·정유 7년 전쟁

　나와 B가 탑승한 아들의 승용차는 송정역을 빠져 나와 나주 혁신도시 방면으로 길을 잡았다. 송정역에서 유치면으로 가자면 나주시 세지면과 영암군 금정면을 경유하는 코스가 훨씬 가까운 때문이었다. 나주시 권역으로 접어들자 농촌 풍경이 물씬 풍기며 생동감 넘치는 나주평야가 눈앞에 전개되었다. 풍경 감상도 잠깐일 뿐 조금은 무료해졌다.

　"아까 열차 안에서 하다 만 토론을 계속해 볼까?"

　나의 제안에 B도 동의하면서 토를 달았다.

　"삼포왜란에서 중단되었으니 이번엔 임진왜란 차례인 것 같은데 임진년 왜란은 널리 알려진 역사적 사실이니까 그냥 건너뛰는 게 어떨까?"

"아냐, 화두의 중심 소재를 건너뛸 순 없지. 간략하게라도 짚고 넘어 가는 게 좋을 듯싶네."

단호한 내 말에 B도 더 이상 우기지 않았다. 1592년에 일어나 1599년까지 장장 7년 동안 두 차례에 걸쳐 진행된 임진·정유왜란은 조선 역사상 가장 규모가 큰 외침이었다. 16세기 후반 일본 전역을 통일한 일본의 도요토미 히데요시는 넘치는 군사력을 소모할 방도를 찾고 있었다. 밖으로 시선을 돌려보니 당쟁으로 영일이 없는 조선이 만만해 보였다. 그의 꿈인 패권주의 야망을 실현하고 아시아 대륙으로 진출하여 무역을 통한 경제적 이득을 취하고 동아시아의 국제질서를 주도하려면 조선반도를 발판 삼아야만 하는데 기회가 온 것이었다. 그는 명분을 찾기에 골몰하였다. 문득, 떠오르는 게 있었다. '가도멸괵(假道滅虢 : 길을 빌려 괵나라를 치다.)' 옳거니! 무릎을 친 도요토미는 대마도주를 보내 '명나라를 칠 테니 길을 빌리자'며 조선 조정에 대한 회유작전을 폈다. 당쟁에 여념이 없는 조선 조정이었지만 이를 수락할 리 만무했다. 사신을 혼쭐을 내어 내쫓았다.

도요토미는 이 사건을 명분 삼아 1599년 4월 13일 조선 침략의 깃발을 올렸다. 전군을 9진으로 나누는데 앙숙인 고니시 유키나가(小西行長)와 가또오 기요마사(加藤淸正)가 서로 선봉을 다퉜다. 도요토미는 두 장군이 이끄는 제1군과 제2군을 하루씩 번갈아 선봉을 삼기로 교통정리를 하였다. 먼저 제1군이 된 고니시 부대가 부산포에 상륙하고 2군이 된 가또오 부대가 뒤따랐

다. 서양에서 들여온 신무기 조총과 화포로 무장한 왜군을 재래
병기로 대응하는 조선군은 적수가 못 되었다. 동래부사 송상현
과 부산첨사 정발이 죽기로 싸웠으나 전사하고 부산포는 함락
되고 말았다. 왜군의 기세는 문자 그대로 파죽지세(破竹之勢), 거
칠 게 없었다. 왜군은 저항다운 저항 한 번 당하지 않고 경상도
북부까지 진격할 수 있었다. 왜군은 문경 새재(조령)와 영주의 죽
령(이화령)을 진격로 삼아 무서운 속도로 치고 올라왔다.

　급보를 접한 조선 조정에서는 장군 이일을 내려보내 왜의 예
봉을 꺾으려 하였으나 이일은 상주 전투에서 대패하고 말았다.
조정에서는 북방 여진족 토벌 당시 명성을 떨쳤던 신립 장군을
도순변사로 임명, 천험의 새재에서 왜군을 막도록 하였다. 그러
나 신립이 현장에 도착해 보니 겁먹은 조선군은 왜군을 보고는
싸우기도 전에 줄행랑치기 바빴다. 신립은 새재의 천험을 이용
하는 작전 대신, 병사들의 도주를 막을 수 있고, 또한 그의 장기
인 기병작전 수행이 용이한 충주 탄금대 모래사장에 배수의 진
을 치는 게 더 유리하다는 생각으로 작전을 짰다. 그러나 신립의
계책은 패착이 되고 말았다. 부장 김여물과 함께 용전분투하였
으나 무력의 열세를 극복하지 못했다. 전군이 궤멸되자 면목이
없어진 신립은 달천에 뛰어들어 자결하고 말았다. 믿고 믿었던
이일, 신립 두 장수가 연이어 패하자 조정에서는 속수무책 뾰족
한 방법이 없었다. 왜병이 도성 가까이 이르렀다는 급보를 접한
선조는 한밤중에 도성을 비우고 북으로 도망쳐 의주로 파천하
기에 이르렀다.

한양에 무혈 입성한 왜군은 발걸음을 멈추지 않았다. 북상을 계속하여 고니시는 평양성을 함락시키고 가또오는 함경도로 진격하여 피난 중인 임해군, 순화군 두 왕자를 붙잡아 볼모로 삼았다. 이러한 왜군의 진격으로 미루어 왜의 중국 대륙 침범이 초읽기 상황이라고 판단한 명나라는 재빠르게 대응하지 않을 수 없었다. 순망치한(脣亡齒寒)의 처지가 될 것을 우려한 때문이었다. 명나라는 마침내 조선족 출신인 장군 이여송에게 4만 3천의 대병을 주어 압록강을 건너게 하였다.

한편, 조선의 육군은 연전연패하였으나 이순신(李舜臣) 장군이 이끄는 수군은 거북선을 앞세워 연전연승, 남해안과 호남 곡창지대를 지키면서 왜군의 서해 진입을 저지하고 있었다. 또한 전국에서 봉기한 의병 역시 게릴라전으로 왜군을 괴롭히고 있었으므로 왜군의 진격은 다소 지연되었다. 이여송의 명나라군은 1593년 1월 평양성을 탈환하고 일본군을 밀고 내려왔다. 그러나 그 기쁨도 잠시, 벽제관 전투에서 왜군에게 일격을 당하자 평양성으로 물러나 요지부동으로 일관했다. 그러나 이여송은 허송세월만 한 것이 아니었다. 유격(외교관) 심유경을 고니시 진영으로 보내 협상을 시도하자 원래 협상파였던 고니시는 심유경을 흔쾌히 맞아 협의를 진행하였다. 그러나 협상을 타결하고 전쟁을 끝내려면 최종적으로 명나라 황제와 도요토미를 설득해야만 하는데 그 점이 문제였다.

심유경과 고니시 양측은 서로의 주군을 속이기로 약조하고는 가짜 협상안을 만들었다. 협상문에는 '명나라 공주를 도요토미에게 시집 보낸다'는 항목도 들어 있었다. 이에 솔깃해진 도요토미는 교착 상태인 전선도 추스르고 지친 군사들에게 휴식도 줄 겸 협상안을 승낙한 후 군사를 남해안으로 물리거나 본국으로 철수시켰다. 고니시는 순천산성에 진을 치고 있었고 가또오는 본국으로 철수해 있었다. 그러나 명나라의 공주를 도요토미의 비(妃)로 보내준다는 등의 협상조건 이행에 차질을 빚자 격노한 도요토미는 정유년 음력 1597년 7월 15일 철수한 군사를 다시 투입해 현해탄을 건너게 하였다. 왜의 2차 침략 정유재란이었다.

왜의 진영에서는 출정에 앞서 눈엣가시 격인 이순신 제거를 위해 계략을 짰다. 첩자를 조선 조정에 보내 '모월 모일 모시에 평소 고니시와 사이가 나쁜 가또오가 부산포로 들어올 것이니 이순신을 시켜 붙잡게 하도록' 하면 좋겠다는 거짓 정보를 제공하였다. 이 정보를 믿은 어리석은 선조는 '이순신에게 부산 앞바다로 진을 옮겨 바다를 건너오는 가또오를 잡도록 하라!'는 어명을 내렸다. 그러나 왜의 계교임을 알아차린 이순신은 출전하지 않았다.

이순신의 예감은 적중하였다. 가또오는 이미 그 전에 부산에 입항하였으므로 이순신이 출전하였다면 왜의 덫에 걸리고 마는 거였다. 그런데도 선조는 어명을 어겼다며 이순신을 항명죄로 잡아들였다. 동인 유성룡의 천거로 출사한 이순신을 미워하던 서인들은 이순신의 즉결 처형을 주장하였으나 일부 양식 있는 중신들의 읍소로 사형은 면하고 삭탈관직으로 마무리되었다. 조선 수군은 경상우수사 원균이 지휘하게 되었고 이순신은 권율 휘하의 육군에서 백의종군하였다. 그러나 원균은 칠천량 전투에서 거북선 군단을 말아먹고 말았다. 그 결과, 곡창 호남이 유린되고 남·서해는 왜 수군의 앞마당이 되었다. 사태의 심각성에 놀란 조정에서는 부랴부랴 이순신을 복권시켰다. 그러나 무너진 수군을 추스르기보다는 육군에 합세하길 바랐다

이순신은 상소를 올렸다.

"전하! 제게는 아직도 열두 척의 전함이 있사옵니다. 통촉하시옵소서!"

12척의 왜소한 이순신 수군은 다시 깃발을 올렸다. 권율 장군을 비롯한 관군도 용전분투하고 각지의 의병 또한 분전하였으므로 왜군은 예전처럼 기를 펴지 못했다. 마침내 이순신은 12척의 전함으로 3백여 척의 왜 수군을 명량해협에서 수장시키는 세계 해전사상 유래가 없는 대승을 거두었다. 본토에서 전쟁을 지휘하던 도요토미가 병으로 죽고 그의 유언에 따라 왜군이 철군을 단행함으로써 지긋지긋한 7년 전쟁은 그 막을 내렸다.

7년 동안이나 진행된 이 전쟁으로 조선의 피해는 막심했다. 전 국토가 초토화되고 전사한 군사와 백성들이 수만 명에 이르렀다. 일본에 포로로 잡혀간 동포의 숫자도 부지기수였다. 오랫동안 버려져 황폐해진 농토가 많아 경작 가능한 건 1/3도 채 안 되었다. 식량이 바닥나 백성들은 굶주리고 엎친 데 덮친 격으로 전

염병까지 창궐하였다. 그뿐만이 아니었다. 경복궁을 비롯한 궁궐뿐만 아니라 전국에 산재한 각종 문화재가 불타거나 약탈당했다. 약탈한 국고나 보물들은 모두 일본으로 가져갔다.

일본에도 많은 변화가 있었다. 도요토미의 대를 이은 아들 도요토미 히데요리는 도쿠가와 이에야스라는 신흥 군부 세력에게 밀려 권좌에서 사라졌고 일본 열도는 도쿠가와 막부의 세상이 되었다. 도쿠가와는 에도(동경)에 막부를 창설하여 나라를 안정시키는 데 온 힘을 쏟았다. 명나라 역시 예외가 아니었다. 전쟁이 끝나자 국력이 급격히 쇠퇴해지기 시작했다. 명이 조선에 원정군을 보내 왜와 싸우는 틈을 노려 여진족의 누루하치가 만주 땅에 후금(청나라)을 건국하여 명의 목줄을 죄는 때문이었다.

동서고금의 전사를 섭렵하다 보면 전쟁 중에서도 눈부신 활약을 편 외교관의 숨은 공로를 인정하지 않을 수 없다. 임진년 일본의 침공이 있기 전에 일본을 다녀온 사절단을 보면 외교관의 역할이 얼마나 중요한지 깨닫게 된다.

"혹시 통신사라는 말을 들어보셨는가?"

내가 B에게 물었다.

"통신사라면 요즘으로 말하면 외교 사절이 아닌가?"

"그렇다고 봐야지."

1413년(태종 13년) 양국의 교린(交隣)관계를 다지기 위해 조선 조정과 일본 막부 사이를 오간 조선의 외교관이 바로 조선통신사(朝鮮通信士)의 효시라고 한다. 통신사의 이름이 '박분'이었다.

그는 정사가 되어 사절단을 이끌고 일본에 갔었는데 그 임무는 조선 각처를 침탈하는 왜구를 막아 달라는 요청을 넣기 위해서였다.

그로부터 오랜 세월 후, 선조 때 조선 조정에서는 황윤길과 김성일 두 사람을 일본에 사절로 보냈다. 천하를 통일한 일본의 도요토미가 과연 조선을 침공할 섯인가의 여부를 포함한 정세를 살피고 오도록 파견한 것이다. 그런데 두 사람의 복명 내용은 180도 달랐다. 서인인 황윤길은 도요토미의 범상치 않는 눈빛으로 보아 전쟁 가능성을 내비친 데 반해, 동인의 김성일은 도요토미의 눈빛은 새양쥐 같았으므로 절대로 그럴 일은 없다고 대못을 박은 것이었다. 당파의 이익을 위해 상반된 보고를 한 것이었다. 안일하기만을 바라는 조정에서는 김성일의 말에 비중을 두며 율곡의 '10만 명 양병설'은 없던 일이 되고 말았다. 정작 임란이 발발하자 거짓 보고로 면목이 없어진 김성일은 낙향하였는데 영남 유림의 우두머리가 되어 활발한 의병 활동을 수행함으로써 구겨진 체면을 겨우 만회할 수 있었다.

왜란 종료 후 일본의 새로운 집권 세력으로 등장한 도쿠가와 막부 역시 조선과의 국교 재개를 위해 통신사를 보냈지만 왜란의 앙금이 채 가시지 않은 조선의 분위기상 쉽게 성사되지 못했다. 그러나 조선 조정은 왜의 끈질긴 요청을 끝내 외면할 수만은 없었던 터라 마지못해 3개 항의 전제 조건을 걸고 그들의 요구에 응하게 되었다.

첫째, 일본 측에서 국왕의 국서를 만들어 보낼 것.

둘째, 전란 중에 한양의 왕릉을 파괴한 범인을 체포하여 인도할 것.

셋째, 납치된 조선인을 즉시 송환할 것.

이러한 조건은 일본이 수락하기 어려운 것이어서 양국의 외교 관계는 답보 상태에 빠져 있었다. 그런데 도쿠가와 막부보다도 조선과의 통교를 갈망하는 측은 쓰시마 번, 즉 대마도주 측이었다. 조선 의존도가 절대적인 대마도주는 현안 타결을 위해 국서를 위조하고, 가짜 왕릉 훼손범을 조작하여 조선에 보내는 등의 잔꾀를 부렸다. 유약한 조선 조정에서는 이것저것 따져보지도 않고 1607년 일본에 통신사를 보냄으로서 양국의 국교가 재개된 걸로 일단락 짓고 말았다. 그 이후 일본과의 큰 마찰은 없었다. 나는 내 자신이 알고 있는 조선 통신사의 내력을 B에게 자세하게 설명해주었다.

왜란으로 혼쭐이 났으면서도 조선 조정은 아직도 정신을 차리지 못했다. 그동안 잠잠했던 당쟁이 다시 고개를 든 것이었다. 선조 말년부터 정권을 잡은 정인홍, 이이첨 등 '대북'파는 광해 왕자를 15대 왕으로 추대하는 데 결정적인 역할을 했다. 왕자 시절에는 총명했던 광해왕은 등극 초기에는 선정을 베풀었으나 영창대군 사건으로 민심을 잃고 말았다. 이복동생인 영창을 제거하고 계모인 인목대비를 폐위한 게 악수가 되어 종내는 인조반정으로 쫓겨나고 말았다.

광해왕은 '군'으로 강등되어 강화도에 위리안치되고 인조반정에 공을 세운 김유, 이귀 등 서인과 남인이 득세하였다. 곧이어 논공행상의 불만으로 야기된 '이괄의 난'이 일어났다. 평안도 병마절도사가 되어 12,000명의 병력을 거느린 이괄이 도성으로 쳐들어 오자 인조는 공주로 피난을 갔다.

이괄의 난은 이킨 전투에서 결말이 나 진압되었다. 이괄의 패퇴에 관해 전해오는 에피소드가 있다. 옛날 전장에서는 진격과 후퇴의 신호로 북과 징 같은 재래 악기를 사용하였다. 북을 울리면 나아가고 징을 치면 퇴각하는 것이었다. 그런데 승기를 잡고 관군과 대치 중인 이괄의 진영에서 난데없는 징소리가 울리는 것이었다. 이괄의 부하가 북을 친다는 게 징을 잘못 두들긴 것이었다. 그 결과, 군사들이 뒤로 물러서는 바람에 이괄이 패했다는 후일담이 전해져 온다.

정묘 · 병자 양대 호란

"왜란의 후유증이 채 가시기도 전에 호란(胡亂)이 있었지?"

"한 번도 아니고 두 차례였네."

여진족을 통합하여 후금국을 세운 누루하치는 조선과는 원만하게 지냈으나 그의 대를 이은 홍타이지(청 태종. 후금에서 청으로 나라 이름을 바꿈)에 이르러 삐걱거렸다. 홍타이지는 대 조선 강경론자였던 것이다. 조선은 1626년 정묘년과 1636년 병자년 두 차례나 청의 침략을 받게 되었다. 인조반정으로 집권한 서인 세력들은 15대 광해왕이 주창하던 중립외교노선을 부정하고 친명배금(親明排金) 정책으로 선회하는 자충수를 두었다. 후금을 공격하려고 가도에 진을 친 명나라 장수 모문룡을 지원한 것도 큰 패착이었다.

이에 발끈한 홍타이지는 정묘년 1월에 조선으로 쳐들어왔다. 무방비 상태의 조선 조정은 급히 무릎을 꿇고 말았다. 굴욕적인 형제의 맹약을 맺고 막대한 양의 세폐와 공물을 바치는 조건으로 '정묘화약'을 체결하여 우선 급한 불을 껐다. 후금의 입장에서는 비록 조선이 정묘화약으로 아우의 나라가 되었다고는 하나 명나라와의 동맹 관계를 끊지 않고 있었으므로 곱지 않은 눈초리로 대하는 게 사실이었다. 청은 용골대를 사신으로 보내 이 점도 항의하고 조선 정세도 탐지하게 하였다. 당시 조선 조정에서는 국가 존망의 위기인 임진왜란 당시 크게 신세를 진 명나라와의 관계를 끊을 수 없다는 여론이 팽배하였으므로 사신으로 온 용골대를 소홀히 대접하고 심지어는 죽이려고까지 하였다. 조선의 적대적인 분위기를 간파한 용골대는 신변의 위협을 느낀 나머지 본국으로 줄행랑치고 말았다.

푸대접 받은 용골대가 다녀간 후 인조는 조정의 중론에 따라 척화를 결심하고 청의 침공에 대비하라는 유시문을 전국에 내렸다. 이에 화가 난 청태종은 마침내 조선 정벌을 공표하고 병자년 12월 28일 2차 조선 침공을 감행했다. 위급한 상황이 목전인데도 조선 조정에서는 아무런 대책도 마련치 못하고 우왕좌왕 탁상공론만 벌이고 있었다. 아직 방비가 충분하지 못하므로 화친을 도모하자는 주화론자와 청군과 일전을 겨루자는 척화론자 간의 설전으로 갈팡질팡하는 사이, 청군은 도성 가까이 다가와 있었다. 인조와 조정 대신들은 황급히 남한산성으로 들어가고 왕자, 종실, 백관 등은 따로 강화도로 피난 보냈다. 견고하고 험준한 남한산성에서 버티면 전국의 근왕병과 의병들이 봉기하여 내외 협공으로 청군을 물리칠 수 있을 것이라는 계산을 한 것이었다. 그러나 왕실 종친을 함께 산성으로 데리고 가지 않고 강화로 보낸 게 패착이었다.

전투 양상은 남한산성을 중심으로 전개되었다. 쉽게 성을 정복할 수 없는 지경이 되자 청태종은 강화도에 피신한 왕자, 종실 등을 볼모삼아 전황을 유리하게 이끌 계산을 하였다. 남한산성을 포위 중인 병력 일부를 빼내 강화도를 공략케 하였다. 그동안 남한산성의 조정에서는 최명길, 김류 등의 주화론자들과 김상헌, 정온 등 척화론자 사이에서 격론이 벌어지고 있었다. 결국 1637년 2월 강화도가 함락되고 왕자, 종실, 백관과 가족 모두가 포로가 되어 청태종의 진지로 압송되었다.

이 소식을 들은 조선 조정 안팎의 분위기는 침울했다. 계책에 성공한 청군은 자신들도 피해가 예상되는 전쟁을 피하면서 군사들도 쉬게 할 겸 적극적인 공세를 자제하고 조선 국왕의 출문 항복을 계속 요구하고 있었다. 1637년 2월 24일 인조는 할 수 없이 남한산성을 나와 삼전도에서 항례(降禮)를 치르지 않으면 안 되었다. 청태종에게 삼배구고두(三拜九叩頭)의 예로 무릎을 꿇고 만 것이었다. 조선은 그날부터 청나라의 형제국에서 신하국으로 전락하고 말았다. 청태종은 척화론자인 김상헌 등과 소현세자와 봉림대군을 인질로 삼아 철군했다. 인조가 죽고 봉림대군이 즉위하여 효종이 되었다. 효종조에 들어서 청나라를 공격하여 삼전도의 치욕을 갚아주자는 이완을 중심으로 한 북벌론 자들이 대두하였으나 실현되지 못했다.

세상이 조용해지자 또다시 고질병인 당쟁이 시작되었다. 예송 논쟁이 그것이었다. 국왕과 왕족의 복상(服喪) 기간을 1년으로 할 것인가 3년으로 할 것인가의 부질없는 논쟁이었다. 1차 논쟁은 서인의 승리였고 2차는 남인이 승리했다. 숙종조에 경신환국, 기사환국, 갑술환국의 대격변이 있었다. 서인과 남인이 엎치락뒤치락하다가 장희빈 사건에 남인의 결탁 음모가 드러나자 남인이 탄핵되고 서인이 득세하였다. 그후 서인은 노론과 소론으로 나뉘었다가 '이인좌의 난' 이후 노론이 조정을 장악했다. 경종이 후사가 없자 영인군(영조) 옹립에 올인하였던 노론이 득세하였다.

이러한 당쟁의 폐해를 누구보다도 잘 아는 영조는 탕평책을 실행하여 화합을 모색했다. 정조조에 이르러 실학의 물결이 일게 되었다. 공리공론으로 일관된 성리학에 반해서 과학적이고 실용적 학문인 실학이 고개를 들었다. 대표적인 인물이 수원성 공사에 기중기와 도르래를 선보인 정약용이었다. 한편으로 세도 정치의 싹도 움트고 있었다.

"순조 때부터 조선은 국제 정세의 영향을 받게 되었고 외척 안동 김씨 일가가 판을 치는 세상으로 변하고 말았네."

"맞아. 1800년 정조가 갑자기 죽자 11세의 순조가 왕위에 올랐는데 안동 김씨 김한구의 딸인 정순왕후가 섭정을 했었지."

그때부터 조정에서는 영ㆍ정조 두 왕이 신조로 삼았던 탕평의 원칙이 사라지고 치킨 게임이 계속되는 피나는 권력 투쟁의 장이 되었다. 정순왕후를 배후로 삼은 노론의 벽파가 정권을 잡자, 천주교 탄압이 대대적으로 일어났다. 천주교 신자가 다수를 차지하는 남인 세력을 제거하려는 암투가 시작된 것이다.

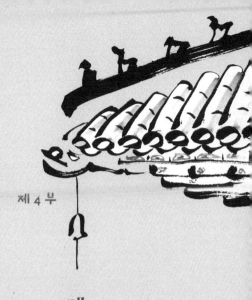

제 4 부

개방과 쇄국의 갈림길

천주교의 전래, 그리고 박해

천주교는 17세기 무렵 청나라를 통해서 전래되었다. 동양에서는 천주교를 서양의 학문이라 하여 '서학'으로 소개되었다. 서학에 관심을 보이는 학자들 가운데, '서양의 기술학은 받아들여야하나 제사를 거부하는 폐륜적인 천주교만은 배척해야 한다'는 부류와 천주교를 적극 수용하여 신앙으로 받들어야 한다는 두 부류로 갈리었다. 후자에 속한 적극론자들은 스스로 세례를 받았으며 포교활동을 전개하기 위해 외국인 신부를 국내로 초빙하는 등 천주교 신앙 수용에 자발적인 태도를 취했다. 이들은 '천주님 앞에 인간은 평등하며 내세의 영생, 즉 사후에 천당에 갈 수 있다'는 약속에 위안을 얻었다.

조정에서는 천주교가 유교 질서에 어긋난다고 판단하였다. 성리학의 입장에서 보았을 때 사후 내세와 영혼이 존재한다는 말은 지극히 허황된 것이고 제사를 금하는 것도 용납할 수 없는 일이라 하였다. 더 나아가 인간이 평등하다는 주장 역시 신분질서를 정면에서 부정하는 것으로 간주하고 천주교를 사교로 규정, 그 신사늘을 박해하기 시작했다.

1801년부터 순조를 수렴 첨정하던 정순대비는 서학 금지령을 내리면서 오가작통법(5가구를 1통으로 분류해 서로 감시하게 하는 제도)으로 찾아낸 카톨릭 교도들을 대대적으로 숙청했다. 이승훈, 이가환, 정약종과 중국인 선교사 주문모 등, 신도 100여 명을 처형하고 정약용 등 400여 명을 귀양 보냈다. 15세기에 채택된 오가작통법이 카톨릭 신도를 찾아내는 데 큰 역할을 한 것이었다. 정순대비와 노론의 벽파는 이 사건으로 카톨릭을 몰아내고 카톨릭과 우호적인 남인 계열을 숙청하는 호기로 삼았다. 이 과정에서 '황사영의 백서(帛書)사건'이 발생했다.

천주교 박해 당시 많은 교회 지도자들이 체포되자 열열 신도인 황사영은 제천 고을의 배론이라는 토기를 굽는 마을로 피신하여 토굴에 숨어 지냈다. 황사영은 이때 박해를 피해 찾아온 황심을 만나 조선 교회를 구출할 방도를 상의하였다. 그러고는 천주교 신자 박해의 경과와 교회 재건책에 대한 자신의 의견을 길이 62cm 너비 38cm의 흰 비단에 총 122행 도합 13,384자를 검은 글씨로 깨알같이 적었다. 이를 신도 옥천희로 하여금 10월에 중국 동지사로 떠나는 일행에 끼어 북경으로 가서 주교에게 전달하게 하였다. 그러나 옥천희가 의주에서 체포되었고 황심의 자백으로 주모자인 황사영도 체포되면서 백서도 발각되었다.

백서 내용을 간략해 보면, 1785년(정조 9년) 이후의 교회 사정과 박해 내용을 설명한 다음, 신유박해의 상세한 내용과 순교자들의 약전을 적고, 주문모 신부의 죽음에 대해서 증언하였다. 끝으로 폐허가 된 조선 교회의 재건과 신앙의 자유를 획득할 수 있는 방안 등을 제시하였는데, 종주국인 청나라 황제에게 간청하여 조선이 서양인 선교사를 받아들이도록 강요하거나 아니면, 조선을 청나라의 일개 성(省)으로 편입시켜 감독하게 하거나, 서양의 배 수백 척과 군사 5~6만을 보내 조선 조정을 굴복시켜 달라는 방안 등이었다.

이 내용을 본 조선 조정에서는 아연실색하여 관련자들을 붙잡아 즉각 처형함과 동시에 천주교도들의 탄압을 한층 더 강화하였다. 안동 김씨의 세도정치 세습은 계속되었다. 순조는 즉위 해인 1801년에 안동 김씨 김조순의 딸과 결혼하였는데 그분이 바로 순원왕후이다.

일본의 메이지 유신

"일본에서는 1868년 메이지 유신(明治維新)이라는 대변혁이 있었는데 그 내용이 뭔가?"

내가 일본통인 B에게 묻자,

"당시 일본은 1603년에 에도 막부를 세운 도쿠가와 이에야스 가계가 200년 넘게 지배하고 있었지."

B는 막힘없는 화술로 설명을 해주었다.

에도 막부는 300명 정도의 지역 영주인 다이묘들 위에 군림하고 있었다. 다이묘란 하급 사무라이를 거느리는 일명 '번'이라는 조직체였다. 번에게는 자신의 영지를 통치하게 하는 권한, 즉 봉건제를 용인하였다. 다이묘 밑으로 사농공상의 엄격한 신분제가 이루어지고 있었다. 도요토미 정권을 이어받은 에도 막부는 조선 원정 실패의 여파를 안정시키면서 확고한 지배 체제를 구축하였지만 19세기에 접어들면서 일본의 하급 무사계급 내에서는 막부에 대한 여론이 좋지 않았다. 200년 동안의 지속적인 평화와 방만한 국가 경영의 시기 동안 사족의 지위가 흔들리고 있는 것이었다. 차츰 천황을 중심으로 한 정치사상이 싹트고 천황을 막부보다 높게 쳐주는 풍조가 대두되었다. 점차 쇠약해져 가는 막부의 지배에 결정타를 먹인 것은 외부로부터의 충격이었다.

1853년 미국의 페리 제독이 서양의 신식 증기선을 끌고 와서 '평화적인 교역이냐? 전쟁 감수냐?'는 양자택일을 강요하였다. 막부에서는 미국과 맞서 승리한다는 보장이 없었으므로 실리를 좇아 평화적인 해결을 원했다. 약삭빠른 일본은 악수를 두지 않고 국제적인 형세에 부응하고 있었던 것이다. 일본은 이미 서구 열강들이 아직은 미개한 아시아 각지에서 '함포 개항'으로 재미를 보았다는 사실을 알고 있었으므로 고지식한 쇄국보다는 문호를 개방해 서양의 새로운 무기 같은 문명의 이기를 수입하는 데 열을 올리게 되었다.

일본의 국내 정세도 변화가 있었다. 1867년 왕정복고파의 쿠데타 성공으로 '명치유신' 정권이 수립된 것이었다. 유신을 성공시킨 신정부의 명분과 목표는 봉건체제 해체, 징병제도, 통일적인 조세 화폐 정책 등이었다. 유신의 성공으로 그들의 목표는 20세기 초에 대부분 달성되어 일본은 근대산업국가로서 국제 무대에 순조롭게 나아갈 수 있었던 것이다.

"일본은 메이지 유신으로 날로 발전하고 있었는데 당시 조선 사정은 어떠했는가?"

설명을 끝낸 B가 내게 묻는 말이었다.

"그 당시 집권한 대원군은 성공한 정치를 하지 못했네. 천주교 박해며 쇄국정책을 고집하여 서양에서 불어오는 문명 수입의 기회를 차단하는 등 국제 사회와 동떨어진 우물 안 개구리가 되어 가고 있었으니까."

"그런 옹고집이 어떻게 집권하게 되었나?"

"천운이 따른 거지. 1849년 24대 헌종이 승하하였는데 후사가 없는 거라. 그래서 조대비가 강화도에서 농사짓던 왕족인 19세의 이원범을 데려와 임금으로 삼은 거네. 바로 강화도령인 25대 철종이네. 그 철종도 오래 살지 못하고 후사도 없이 죽었네.

1831년에 태어난 철종은 1863년에 33세로 생을 마감했으니 재위 13년 만의 일이었구만. 철종도 후사가 없었으므로 조정에서는 조대비의 천거로 흥선대원군 이하응의 둘째 아들 명복으로 하여금 대를 잇게 하였네. 그분이 12세의 나이로 26대 왕이 된 고종인데 아버지인 흥선군이 섭정을 한 거지."

"대원군은 왜 정치와는 동떨어진 종교를 박해하였을까?"

"여러 이유가 있겠지만 직접적인 동기가 된 것은 충청도 예산에 모신 남연군의 묘를 독일 상인 오페르트가 도굴한 사건이 척화쇄국과 천주교 박해의 도화선이 된 걸로 보고 있네."

대원군이 정치 무대에 등장한 시기는 조선의 앞날이 국제적으로 험난하고 다사다난하던 무렵이었다. 이하응은 명당에 조상의 묘를 쓰면 발복한다는 풍수지리설을 믿고 충남 예산의 가야산에 아버지 남연군의 뼈를 묻고 세상을 관망하였다. 왕족이 잘 나가면 멸문의 화를 당하기 십상이므로 안동 김씨의 세상에서 살아남으려면 양광(佯狂) 행세에 상갓집 개처럼 굴어야만 하였다. 철종이 죽고 나자 왕의 자리는 이하응의 아들 명복 차례였다. 평소 친분이 있는 조대비의 천거로 명복이 왕이 되었으니 이하응은 날개를 단 거나 다름없었다.

섭정의 위치에 오른 그는 우선 인사권부터 장악했다. 맨 먼저 그동안 세도정치를 해오던 안동 김씨 세력을 몰아내는 조치를 취했다. 이어 무너진 왕권을 강화하고 문란해진 국가 질서를 바로잡는다는 명분으로 내정 개혁을 단행하였다.

전국에 깔려 있는, 부패한 유림의 온상인 서원을 철폐하고 그동안 상민에게만 부과해오던 군포를 양반에게도 징수하는 호포제를 실시하여 호응을 받았지만 과오도 있었다. 임진왜란 때 불에 탄 채 방치되어 있던 경복궁을 중건하느라 막대한 재정을 쏟아 부은 정책이 그것이었다.

농번기에 백성들을 부역에 동원하고 경비 충당을 위해 원납전을 징수하였지만 공사 현장에서 원인 모를 화재가 자주 발생하여 공사에 차질을 빚었다. 공기가 늘어나자 당백전(當百錢)을 발행했다. 당백전은 문자 그대로 원래 통용되던 상평통보 액면가의 100배에 달하는 가격이었으나 실제 가치는 5~6배에 지나지 않았다. 이 같은 조치는 고물가를 초래하고 화폐 경제를 혼란스럽게 만들고 말았다. 백성들의 원성은 날로 높아만 갔다.

　흥선대원군이 집권하는 동안 외세의 침입에 대한 불안감은 더욱 확대되었다. 그 와중인 1885년에 영국 군함의 '거문도 점령' 사건이 발생했다. 러시아는 영국, 프랑스 등 제국주의 열강들과 청나라 사이에서 갈등을 조정해 주면서 영향력을 키웠다. 그 대가로 중국으로부터 연해주를 할양받았음으로써 두만강을 사이에 두고 조선과 국경을 마주하게 되었다. 남하정책의 교두보를 마련한 러시아는 맨 먼저 조선에 통상을 요구하였다. 동북아에 등장한 러시아는 조선은 물론 일본 등 아시아 각국에게 새로운 위협적인 존재가 되었다. 일찍부터 부동항을 찾아 남하 정책을 펴온 러시아는 세계 도처에서 해양 대국 영국과 대립했다.

　러시아의 남하정책에 가장 신경을 곤두세우는 나라는 바로 일본과 영국이었다. 이해관계가 맞아 떨어진 이 두 나라는 마침내 동맹 관계를 맺었다. 1885년 3월 1일 영국의 동양함대사령관 W.M. 도웰 제독은 3척의 영국 함선을 이끌고 일본의 나카사키항을 출발, 남해의 거문도를 향했다. 영국 함대는 아무런 방비가 없는 거문도에 무혈입도(無血入島)하여 '헤밀턴항'이라 명명하였다.

　조선 조정에서는 이 사실을 까맣게 모르고 있다가 나중에야 알고는 외교 경로를 통해 영국군의 철수를 강력하게 요구했지만 영국은 막무가내였다. 영국 외상 로즈베리는 '한국 정부가 다른 나라들이 거문도를 점령하지 못하도록 보장만 해준다면 영국은 거문도에서 철수할 용의가 있다'는 뜻을 밝히면서 버티고 있었다.

1884년 갑신정변 실패로 일본에 망명 중인 개화파 김옥균은 영국의 거문도 점령 소식을 망명지에서 듣고는 고종에게 다음과 같은 상소를 올렸다.

"오늘날 세계의 형세가 날을 좇아 변하여 한순간도 안심할 수 없는 가운데 영국이 거문도를 점령하였는데 조정의 제신들이 무슨 방법을 가지고 있습니까? 오늘날 우리나라 안에 영국이란 나라 이름을 제대로 아는 이가 몇이나 있으며, 신하로서도 영국이 어디에 있느냐고 물으면 거의 모두가 대답을 못 하고 어리둥절할 것입니다. 말하자면, 누가 내 몸을 물어뜯어도 그 고통을 깨닫지 못할 뿐만 아니라, 과연 그 무엇이 와서 나를 무는지조차 알지를 못하니, 그와 같은 무식으로 국가의 존망을 논한다는 것은 치인(癡人)이 꿈을 이야기하는 것과 같사옵니다."

김옥균은 해외 형세에 대한 인식 필요성을 지적한 다음, 국내 문제에 대해서도 다음과 같이 소를 올렸다.

"신이 임금님께 말씀드린 바 있던 것을 기억하십니까. 그 뜻은 우리나라의 이른바 양반이라는 것을 없애버려야 합니다. 우리나라 중고(中古) 이전에 국운이 왕성할 때는 모든 기기(器機) 산물이 동양 두 나라보다 우월했는데 오늘에 이르러 그게 모두 흔적도 없을 만큼 쇠퇴한 까닭은 다름이 아니라 양반의 발호 때문에 그렇게 된 것입니다. 즉, 백성이 고생해서 무엇을 만들면 양반 관리가 이를 약탈해가고 심지어는 생명마저 위협함으로, 차라리 농상공의 업을 버리고 멀리 피해 가 위험을 모면하느니만 못하다고 해서 놀고먹는 무리가 나라에 충만하여 국력이 날로 쇠퇴하게 되었습니다. 오늘의 세계는 상업이나 여러 가지 생업을 위해서 서로 경쟁을 하는 판국이오니 부디 양반을 제거해서 그 폐단을 막지 아니한다면 국가의 폐망을 기다릴 뿐이오니 이 점 반성하십시오. 그리하여 속히 무식하고 고루한 관리를 찍어내고 문벌을 떠나서 인재를 선발하고, 중앙 집권의 기초를 확립하고 백성의 신뢰를 얻고 학교를 세워 인재를 개발하고 외국의 종교를 끌어들여 교화의 도움이 되게 하는 것도 하나의 방편이 되겠습니다."

그런 김옥균은 민씨 일당이 보낸 자객 홍종우에 의해 상해에서 암살당했다.

1886년 8월 28일과 9월 2일에 청국의 이홍장과 주청 러시아 대사는 북경 공관에서 만나 거문도 문제를 논의하였다. 영국 측에서도 거문도는 계륵(鷄肋) 같은 존재였다. 섬의 면적이 좁고 섬 거의가 바위덩어리여서 효용가치가 적을 뿐만 아니라 제대로 된 기지를 만들자면 막대한 재정과 시일이 소요될 것 같아 망설이고 있는 참이었다. 이홍장은 러시아 측으로부터 '영국군이 거문도에서 철수만 한다면 러시아는 절대로 조선 영토를 침범하지 않겠다.'는 다짐을 받아냈다.

영국은 마지못한 척 러시아와 3개 항의 공동 성명을 발표한 후 1887년 2월, 22개월 만에 거문도에서 철수했다. 나라의 영토에 관한 문제를 당사국도 모르게 외세인 청·러가 좌지우지하였으니 이 얼마나 서글픈 현실이었는가!

훗날 러일전쟁 때 일본으로 향하는 러시아의 발틱 함대가 지름길인 수에즈 운하를 통과하려고 할 때 운하 통제권을 쥔 영국의 불허로 함대는 다시 지중해로 나와 아프리카 남단 희망봉으로 우회하느라 금쪽 같은 시간을 허비하였다. 장장 두어 달 동안의 항해 끝에 대한해협에 이르렀을 때 그동안 만반의 준비 태세를 갖추고 기다리던 일본 해군의 선제 공격에 대함대는 속수무책으로 당하고 말았던 것이다.

대원군과 민비의 만남

고종이 왕위에 오르자 왕비 간택 순서가 있었다. 안동 김씨 외척의 세도 아래에서 치를 떨었던 대원군은 외척의 발호에 쐐기를 박고 싶었다. 해서, 며느리 감은 한미한 집안의 규수를 원해 자신의 처가인 민씨 집안 민치록의 딸을 며느리로 삼았다.

고종은 민비에게 장가 들기 전 궁인 이씨에게서 아들을 얻었다. 완와군이었다. 대원군은 궁인 이씨와 완와군을 예뻐했다. 얼마지 않아 민비도 첫아들을 낳았는데 일찍 죽고 말았다. 곧 둘째 아들이 태어났는데 항문이 없는 기형아였다. 서양 의사들이 수술을 하면 살릴 수 있다고 말했지만, 대원군은 장차 임금이 될 왕자에게 칼을 댈 수 없다고 거부하면서 치료에 쓰라고 산삼을 내렸는데 효험도 없이 죽고 말았다. 이후 셋째 아들(순종)이 태어났는데 조금 모자랐다. 민비는 귀하게 얻은 자식의 무병장수를 빌기 위해 금강산 일만이천봉에 쌀을 투하하는 등 국고를 탕진했다.

1873년은 조선 조정이 새로운 전환점을 맞는 해였다. 10년째 섭정을 해온 대원군이 비로소 하야를 하게 된 것이다. 그해 고종의 나이 22세, 민비는 23세였다. 그때까지도 대원군은 성인이 된 고종에게 정권을 넘겨줄 생각을 아예 접고 있었다.

"대원군은 주공의 고사도 읽지 않았나 봐."

"그러게 말야."

중국의 주나라 시절 주공(周公)이라는 왕족이 있었다. 이름은 단(旦)이다. 주나라의 기틀을 마련하고 일찍 죽은 문왕(文王) 희창(姬昌)의 넷째 아들이었다. 문왕의 후계자로 둘째 희발(姬發)이 왕위에 올라 무왕(武王)이 되었다. 무왕은 아버지의 유지를 받들어 폭군 주왕이 다스리는 은나라를 멸망시키고 주나라를 세웠다. 그러나 무왕도 지병으로 재위 2년 만에 붕어하였다.

무왕에게는 12세 된 어린 아들이 있었다. 그가 성왕이다. 숙부인 주공이 성왕을 섭정하게 되었다. 조선의 수양대군 같았으면 어린 조카를 내치고 왕위를 찬탈할 절호의 기회인데도 주공은 '삼감의 난'을 진압하는 등 지극 정성으로 어린 조카를 보필했다. 성왕이 19살 되던 해에 주공은 섭정을 끝내고 미련 없이 조정에서 물러났다.

고대 중국에는 성군으로 불리는 요, 순, 우, 탕, 문무, 주공이 있는데 그 가운데서 왕이 아닌 사람은 주공뿐이었다. 후세 사람들이(특히 공자) 주공의 충절을 기려 왕이 아니었는데도 성군의 반열에 올리고 지금까지도 추앙하고 있는 것이다.

"나라가 이 지경이 된 데에는 민비와 대원군의 책임이 매우 컸다는 생각인데 자네 생각은 어떤가?"

"지당한 말씀이네. 대원군이 며느리와 화합하고 쇄국을 고집하지 않았다면 조선의 역사는 바뀌었을 거라는 생각은 지금도 변함이 없네."

사실이 그랬다. 이웃나라 일본과 중국까지도 서구 열강의 개방 요구에 응하여 서양의 문물을 받아들였는데, 대원군만은 오로지 쇄국이었다.

대원군의 쇄국 정책

대원군이 쇄국정책을 고집한 데에는 천주교의 영향이 매우 컸다. 천주교의 교리 중 '조상에게 제사도 지내지 말라'는 우상숭배 배격이 결정적인 역할을 한 것이었다. 당시 조선에는 프랑스를 배경으로 한 천주교가 다양한 계층에 뿌리를 내리고 있었고 교세도 지속적으로 확장되고 있었다. 뜻있는 인사들이 이 기회에 프랑스와 교류하여 러시아의 남하를 견제하는 한편, 서양의 선진 문물을 받아들이자는 의견이 있었으나 대원군은 '사교(邪教)를 권장하자는 거냐'고 일언지하에 거절하였다.

1866년 대원군은 조선에 와 있던 프랑스 신부를 죽이고 신도들을 박해하는 대옥사를 벌였다(병인박해). 프랑스 선교사 12명

중 9명과 국내 신도 8천 명을 학살한 사건이었다. 이 와중에 탈출에 성공한 프랑스 신부 리델은 텐진(천진)에 주둔 중인 프랑스 해군함대사령관 로즈 제독에게 자국 신부의 학살 소식과 신도들의 떼죽음을 알렸다. 본국의 훈련을 받은 로즈 제독은 프랑스 극동함대를 이끌고 강화도 앞바다에 나타나 함포사격으로 강화노 일내를 공격하였다. 이를 '병인양요'라한다.

강화도 상륙에 성공한 프랑스 군대는 강화서고를 급습, '규장각의궤' 등 많은 문화재를 탈취해 갔다. 수비대장 양헌수 등 조선 군사들의 활약으로 프랑스 함대는 물러갔지만 그 피해는 막심했다. 당시의 참상을 읊은 시 한 수가 생각났다. 훗날 의병 대장으로 이름을 떨친 유인석(柳麟錫)의 작품이다.

승평세월 오래되어 안일하게 살아오더니
강화에 오랑캐 침노하여 전화(戰火)가 시급하다
서울이 온통 소란하고 조정도 당황을 하는데
국은(國恩)을 명심하는 장사들 구름 일듯 떨쳐섰다
마땅히 싸움으로 지키고자 대로(大老)께서 건의 하시니
조정의 강화론은 이에 따라 부서지고
양(梁)장군 용감하게 의(義)를 밝혀 출정하니
하늘인들 무심하랴 공훈을 도와 주리

이때 유인석의 나이 24세 백면서생의 신분이었다.
당시 조정에서는 적에게 구화(求和)하자는 여론이 우세하였으나 이항로(李恒老)가 신병을 무릅쓰고 달려와 '죽기로 싸워 지켜야 한다'는 주장을 펼치자 조정에서도 그 뜻을 따를 수밖에 없었다. 이항로는 70이 넘은 노인이었고 병석에 누워 있는 몸이었지만 우국충정만은 젊은이 못지않았다. 청나라가 1842년 제1차 아편전쟁 때 패배하고 1860년에는 서양 열국의 북경 진격 때 열강 앞에 굴복한 사실을 익히 알고 있는 선생은, '서양인들이 우리나라에 와서 사학(천주교)을 퍼뜨리는 이유는 다른 데 있는 게 아니라, 자기 동조자를 구하여 그들과 표리상응(表裏相應)해서 우리나라의 허실을 정탐하여, 후에는 군대를 이끌고 들어와 아름다운 우리 풍속을 진창 속에 쓸어 넣고 우리 재물을 약탈해서 저들의 탐욕을 채우려는 데 있다.'는 주장을 펼치고 있는 터였다.

1866년은 조선 역사상 매우 고통스런 한 해였다. 병인박해, 제너럴 셔먼호 사건 등 굵직굵직한 사건이 발생한 것이었다. 그해 7월 미국의 상선 제네럴 셔먼호가 중무장을 하고 황해를 거쳐 대동강을 거슬러 올라왔다. 평양 부근에 이르러서 강압적으로 통상을 요구하였으나 조선 조정에서는 이를 거부하고 물러갈 것을 종용하였다. 그러나 미군 상선은 계속 머물면서 함부로 총을 쏘고 온갖 횡포를 자행했다. 이에 격분한 평양감사 박규수는 이들을 제압, 선원 모두를 몰살시키고 선박을 불태워버렸다. 미국은 그로부터 5년 후인 1871년 신미년에 제네럴 셔먼호 사건의 보복으로 로저스 함대를 조선에 보내 강화도를 침공했다.

미국 군함은 월등한 화력으로 광성보, 덕진진, 초지진 등 요새를 초토화시켰다. 방어에 나선 조선 측은 어재연, 어재순 형제를 비롯한 수많은 병사가 전사했으며 그 피해 또한 막심했다. 미국은 강화도를 점거한 후 조선과 통상수호조약을 맺고자 하였으나 대원군은 결사항전으로 일관했다. '조선 정부를 굴복시키자면 대규모 군사 행동밖에는 달리 방법이 없다'고 확신한 미국은 전쟁을 벌일 준비가 되지 않은 형편이었으므로 후일을 기약하며 일단 병력을 철수시켰다.

미국이 철수하자 한양의 관인과 백성들은 환호성을 올리며 의기충천했고 조선의 배외(排外)의식은 더욱 고취되었다. 대원군은 전국 곳곳에 '양이침범비전즉화주화매국(洋夷侵犯非戰則和主和賣國)'─서양 오랑캐가 침범했는데 싸우지 않으면 화평하자는 것이다. 화평하자는 것은 나라를 파는 거나 다름없다.─는 내용의 척화비를 세웠던 것이다.

조선은 이 싸움에서 프랑스나 미국보다 더 많은 피해를 입었음에도, 전략적으로 철수를 결행한 미국과 프랑스의 조치를 승리로 오인, 자만하여 더욱 깊은 수렁으로 빠지는 패착을 저지르고 만 것이었다.

서구 열강들이 앞다투어 조선을 찾아와 통상을 요구한 것은 서구의 산업혁명과 연관이 있었다. 선진 기술로 과잉 생산된 상품의 소비처로 후진국인 아시아 각국이 대상인 데도 모든 국가가 아예 문을 잠그고 있어 뜻을 이룰 수가 없었다. 자국의 함대를 앞세운 서구 열강들은 함포사격으로 상대국을 위협하는 소위 '함포 개항' 작전을 벌였고 그 결과는 대성공이었다.

이웃나라 일본은 로저스 제독이 이끄는 미국 함대의 함포 개항 작전에 손을 들고 말았지만 그게 도리어 전화위복이 되었고 중국 역시 아편전쟁의 패전으로 굴욕을 겪었지만 서양 문물을 접하면서 진일보하는 계기가 되었다. 영국은 홍콩을, 미국은 일본을, 포르투칼은 마카오를, 스페인은 필리핀을, 프랑스는 베트남, 라오스 등 인도차이나 반도의 여러 나라를 손에 넣었는데 오직 남은 한 나라는 조선뿐이었다.

섭정 중인 대원군이 고종에게 양위할 뜻이 없음을 간파한 민비는 유생 최익현으로 하여금 종친의 정치 참여를 금하게 하는 내용의 상소를 올리게 하였다. 그 여파로 1873년 12월에 마침내 대원군이 하야하고 고종의 친정 체제가 시작되었다. 그러나 대원군의 권력에 대한 집착욕은 끝이 없어 곳곳에서 민비와 부딪치면서 견원지간이 되었다.

일본의 정한론

"정한론(征韓論)에 대해서도 알고 싶네."

이번에는 내가 일본통인 B에게 주문했다.

"문자 그대로 조선을 쳐부수자는 일본 강경론자들의 주장을 말하네."

일본은 19세기 중반에 자본주의 열강에게 문호를 개방하지만 막부에 반대하는 왕정 복고파가 쿠데타를 단행, 1867년 12월 9일 메이지 신정권을 수립했다. 신정권은 새로운 정책을 착착 진행시켜 근대 국가의 기틀을 마련하는데, 이를 통틀어 메이지 유신(明治維新)이라 한다.

1889년 헌법이 공포되었다. 선거에 의한 참의원, 중의원 양원

제가 채택되었다. 그 결과 일본은 근대 산업국가로 발돋움할 수 있었다. 메이지 유신을 성공시킨 신정부는 조선에 통신사를 보내 수교를 요청했다. 그러나 쇄국정책을 고수 중인 대원군은 일본의 개방 요청을 단번에 거절해 버렸다. 빈손으로 돌아온 일본 사신은 '조선에 정식 사절을 보내 조선의 무례함을 꾸짖고 그래도 불복할 경우 조선을 공격하여 강제로 점령해야 한다'는 복명을 하기에 이르렀다. 퇴짜를 맞은 일본 사신에게도 문제는 있었다. 오만 방자한 태도가 그 점이었다.

당시 일본 사신의 조선 경시 사례를 몇 가지를 들어 본다. 1870년 외무성 관료인 사다 하쿠보가 조선에 외교 사절로 파견되었는데 그는 설설 기던 종전의 모습과는 달리 '우리 천왕' 운운하며 거만한 모습을 보이는 것이었다. 단발을 하고 몸에 척 달라붙은 서양 복장을 한 모양새며 기선을 타고 당당하게 제물포로 들어오는 태도가 조선 관료들의 심기를 거슬리게 하였다. 조선 관료들에게 문전 박대를 당한 그는 귀국하여 '이 기회에 조선을 정벌해야 한다'고 온 조야에 떠들고 다녔다.

1873년에도 국서 접수가 거부되고 문전 박대를 당한 일이 있었다. 사신으로 왔던 우에노 가기노리 역시 조선을 무력으로 강압해서라도 조약을 체결해야 한다고 강력히 주장했다. 당시 일본은 메이지 유신 과정에서 일어난 사족들의 불만을 밖으로 돌릴 필요가 있었고 또 구미 제국과 맺은 불평등조약을 개정하기 위한 방법의 하나로 다른 나라의 문호를 개방시키려는 참이었다. 그 대상이 조선이었던 것이다.

정한론의 지지 여론에 편승한 일본은 드디어 행동을 개시했다. 아무런 통고도 없이 함정을 몰고 부산항으로 입항, 함포 시위를 벌이며 조선 조야에 잔뜩 겁을 먹인 다음 1875년 9월 20일 상선 운양호를 몰고 강화도로 들어왔다. 이 사건을 역사에서는 '운양호사건(윤요호사건)'이라 칭한다. 양측 간에 포격전이 번어졌으나 조선군은 화력의 열세로 일본군에게 대패하고 말았다. 그 결과 굴욕적인 조약에 임하지 않으면 안 되었다. '강화도조약'이 그것이었다. 강화도 회담 당시 조선 측 대표인 신헌(申櫶)이 일본 측에게 '무슨 속내로 강화도를 침입했는냐?'고 여담 삼아 묻자 음흉한 그들은 천연덕스럽게도 '음수가 고갈되어 식수를 구하기 위해 강화도에 들렀는데 조선군이 먼저 발포함으로 응사하지 않을 수 없었다'며 천연덕스럽게 둘러댔다.

1876년 2월 27일 조선 측 전권대신 신헌과 일본 측 특명전권 판리대신 구요다 기요타시 사이에 12조로 된 '강화도조약'이 체결되었다. 조약의 내용은 다음과 같다.

제1조 조선은 자주국으로 일본과 평등한 권리를 가진다.
제2조 조선은 부산 외 두 항구를 20일 내에 개방하여 통상을 허용한다.
(3, 4, 5, 6조 생략)
제7조 조선은 일본의 해양 측량을 허용한다.
(8, 9조 생략)
제10조 개항장에서 일어난 양국 사이의 범죄사건은 속지주의에 입
　　　각하여 자국의 법에 의해 처리한다.

조선은 조약의 체결로 일본에 부산, 원산, 인천, 3개 항을 개방하고(제5조) 치외법권을 인정했으며 일본 화폐의 통용과 무관세 무역을 인정하고 말았다. 제1조는 조선과 청국 관계를 끊고 일본이 조선에서의 우위를 차지하려는 속셈이었고, 제7조는 군사 작전시 상륙지점을 정탐하려는 사전 조치였다. 조선 내정을 좌지우지하던 청은 일본의 적극적인 조선 진출을 견제할 목적으로 조선 정부에게 미국, 영국 등 유럽 각국과 통상조약을 체결하게 함으로써 다자 외교의 길을 터 주었다. 1882년 미국과 통상을 맺음으로써 조선은 비로소 세계자본주의 질서에 본격적으로 편입하게 된 것이었다.

이러한 치욕적인 강화도조약은 불평등조약의 표본이었고 일본의 먹이가 되는 시발점이었다. 또한 강압적인 운양호사건은 조선을 개방시키기 위한 수단으로 이해되었고 외교 무대에서도 조선은 일본의 조력을 받는 피동적인 존재로 각인되었다.

당시 뜻있는 사람들은 조선의 장래가 풍전등화라는 사실을 알고 있었다. 1880년 제2차 수신사로 일본에 건너간 김홍집이 주일 청나라 공사관에서 공사 하여장, 참찬관, 황준헌 등과 국제 정세를 논하고 황준헌의 저서『사의조선책략(私擬朝鮮策略)』이라는 책 한 권을 가지고 돌아온 일이 있었다. 그 책에는 러시아를 좋지 않게 보는 내용이 들어 있었다. 탐욕스런 러시아가 조선 침략을 꿈꾸고 있으니 청나라와 친하고 일본과 결탁하고 미국과 연합하는 게 상책이라는 요지였다. 일본의 공세와 국내 유림의 비평 사이에서 진로를 결정치 못하고 있던 조정에서는 이 책자를 매우 유익한 자료로 받아들이고 검토에 들어갔다. 이 소식을 접한 유림들은 '정부의 개화 정책이라는 것이 임진왜란의 숙원을 잊지 못하는 일본을 맞아들이고 뒤이어 양이를 끌어들이는 정책이다'라고 주장하며 커다란 반발을 일으켰다. 나라에 큰 일이 있을 때마다 사론(士論)이 왕성했던 영남 유생들이 '영남만인소(嶺南萬人疏)'를 올렸다.

1. 외침의 길잡이인 사교와 사학을 배척하는 것이 우리나라의 일관된 국가정책이어서 병인년에도 이를 배척한 일이 있다. 그런데 지금에 와서 받아들인다는 것은 이해할 수 없는 일이다.
2. 미국은 우리가 아직 잘 알지 못하는 나라일 뿐만 아니라 내왕하는 바닷길이 멀고 험한 어려움이 있다. 미국이 만일 우리 약점을 간파하고 감당하기 어려운 요구를 하는 경우에는 어떻게 할 것인가?
3. 러시아는 원래 우리나라와는 아무 관계가 없는 사이인데 다른 나라와의 교제를 믿고 의지하면 그들 역시 교역, 통상을 요구할 것이다. 또한 외국은 그 밖에도 수없이 많으니 어떻게 일일이 다 대처할 것인가.
4. 황준헌은 중국 사람이지만 그 논지로 보아 일본을 위해서 주장을 펴는 듯하다.

이렇듯 파장이 커지자 조선 조정에서는 '척사윤음(斥邪綸音 : 『조선책략』을 퍼뜨린 인물을 제거하고 그 책을 태워 없앨 것)'을 내려 여론의 형성을 막았다.

우리가 탄 승용차는 영암과 장흥의 경계 지점인 국사봉 기슭 산굽이를 거슬러 오르고 있었다. 옅은 구름으로 살짝 가려진 국사봉 정상이 바라다보였다.

"와! 국사봉이다."

나와 B는 누가 먼저랄 것도 없이 탄성을 토해내고 있었다. 기나긴 여정을 마감할 목적지가 가까워졌다는 안도감 때문이었다. 국사봉은 근동에서 가장 높은 산으로 탐진천의 발원지이기도 했다. 여순병란과 6·25전쟁 때 천험의 산세는 빨치산의 요새 역할을 했다. 그 국사봉 기슭 '덤재'를 넘으면 내 고향 유치면이다. 현재 유치면은 수몰을 면한 나머지 지역만으로 겨우 행정 단위를 유지하고 있다. 광복 후 좌우 이데올로기 투쟁의 와중에서 온갖 고초를 겪으며 유소년기를 보낸 나는 마침내 한학자 겸 소설가가 되었는데, '작가들에게 최고의 자산은 자신이 어릴 때 경험했던 상처'라고 갈파했던 헤밍웨이의 어록을 좌우명 삼아 정진한 결과였는지도 모른다.

내 탯자리 고향 공수평 마을은 물속으로 사라져 버렸지만 마을 뒤 골짜기만은 수몰을 면했다. 오지 중의 오지라고 소문난 이 골짜기는 입구가 병목 같고 수림 또한 우거져 있어 전시에는 훌륭한 피난처가 되었고 참나무의 군락지여서 표고버섯 재배의 적지였다. 서울에서 귀농한 아들은 그 골짜기에서 버섯재배를 하고 있었다.

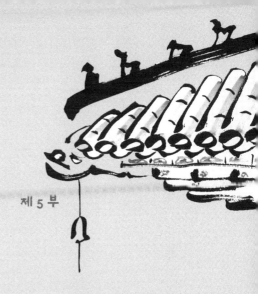

제 5 부

실패한 군란과 정변

군제 개편으로 야기된 임오군란

수몰민 몇몇 세대가 터를 잡은 엉골 첫들머리에 위풍당당한 느티나무 몇 그루는 지금도 건재하였다. 노거수는 수령이 수백 년이라 하였다. 그 노거수 그늘 아래 정자 한 채가 들어서 있었다. 정자는 마을의 사랑방이었고 휴게소도 되었다. 나와 B는 매일 그 정자에서 만나 토론을 이어 갔다.

"오늘은 화두를 임오군란으로 정했음 하는데?"

"좋네."

최익현의 상소로 대원군은 권좌에서 물러났다. 그에 따라 고종이 친정을 하게 되자, 이제 민씨 일가의 세상이 되었다. 한미한 집안으로만 여겼던 민비의 뒤에는 사촌오빠인 민승호, 민겸호 등이 있었다. 그들은 자리가 사람을 만든다는 격언처럼 민비의 비호를 받으며 요직에 등용되었다. 집권한 고종은 일본 측에 관대한 정책을 펼쳤다. 일본사절단이 강화도조약 체결을 위해 방문했을 때, 지나치게 우호적으로 대한 것이 그 본보기였다. 함포 개항의 굴욕으로 1876년 2월 27일 체결돼 강화도조약은 원래 명칭이 '조일수호조규(朝日修好條規)'인데 세간에서는 강화도조약으로 더 잘 알려져 있다. 이 조약은 일본의 군사적인 위협으로 인한 불평등 조약으로서 일본에게 개항과 동시에 치외법권과 해안 측량권 등을 허용한 게 끝내 화근이 되었다. 그뿐만이 아니었다. 일본의 압력으로 군제 개혁도 단행되었다. 예전의 5군영이 폐지되고 장어영, 무위영 2군영만 남고 일본식 기구인 '별기군'이 새롭게 창설되었다. 별기군은 일본 교관이 부임하여 일본식으로 군대를 조련하였는데 세간에서는 그 별기군을 신식 군인, 예전 군제의 군사를 구식 군인이라 칭했다.

신식 군인들에 비해 구식 군인들의 처우는 매우 열악하고 차별마저 심했다. 구식 군인들의 급료는 무려 13개월이나 밀려 있었다. 그들의 불평불만은 극에 달해 있었다. 선혜청에서는 임오년인 1882년 6월 5일 우선 한 달분의 급료를 지급하였다. 그런데 쌀겨와 모래가 섞인 쌀이었다. 이에 화가 난 구식 군인들이 배급하는 관리들을 구타하면서 소요가 시작되었다. 소요는 날로 확대되었다. 구식 군인들뿐만 아니라 서울의 빈민층들까지 합세하여 민씨 정권 타도를 외쳤다.

6월 9일, 마침내 투쟁은 대규모 군중 시위로 퍼져 갔다. 선혜

청 당상 민겸호는 군중들을 다독거리며 진정시키기는커녕 김춘영, 유복만, 정의길, 김영준 등 4명을 주동자로 잡아 포도청에 감금했다. 잡혀 간 주동자는 빈민들이 주로 모여 사는 왕십리 출신들이었다. 시중에는 주동자를 사형에 처하려 한다는 통문이 나돌았다. 사방팔방에 나붙은 통문을 본 시위대는 무위대장 이경하와 민겸호에게 달려가 붙잡아 간 사람들을 풀어달라고 애원하였으나 거부당했다. 성난 시위대는 민겸호의 집으로 쳐들어가 불을 지르는 등 무력 행사에 돌입했다. 이어 무위영, 장어영 병사들도 합세하고 일반인들까지 가세하였다. 시위대는 포도청을 습격하여 잡혀 간 사람들을 구출하고 의금부로 가 옥문을 부숴 죄인들도 풀어주었다. 그뿐이 아니었다. 서울에 와 있던 일본인 교관 호리모도 레이조(堀本禮造)를 살해하고 일본 공사관을 급습하자 일본 공사 하나부사 요시타다(花房義質)는 공관에 불을 지른 후 인천을 경유해 본국으로 달아나 버렸다.

시위대는 6월 10일 흥선군의 형인 영의정 이최응을 척살하고 경복궁으로 몰려가 민겸호, 민창식, 김보현 등도 살해했다. 시위대는 민비를 찾기 위해 혈안이었다. 그러나 행방이 묘연했다. 민비는 궁녀들에 둘러싸여 도망친 지 오래였다. 홍계훈의 조력으로 궁녀로 변장한 민비는 친가인 장호원으로 피신해 있었던 것이다. 그 공로로 후일 홍계훈은 동학농민군 토벌작전을 지휘하는 높은 지위에 오르게 되었다. 군란이 확대되자 나약한 고종은 난감할 뿐이었다. 통치 능력도 없고 여우 같은 민비도 곁에 없어 고립무원의 상태가 되었다. 고종은 물러난 대원군을 불러들여

정권을 맡길 수밖에 없었다.

재집권한 대원군은 구식 군인들을 달래기 위한 조치에 착수했다. 그동안 밀린 급료를 즉각 지급하기로 약속하고 일본식 군제인 별기군도 폐지해버렸다. 5군영을 복구시키고 민씨 세력이 개화성책을 추진하기 위해 만든 '통리기무아문'이라는 기구도 폐기 조치했다. 위정척사운동으로 유배당한 유생들도 풀어주었다. 폭동은 소강 상태로 접어들었지만 '여우 노릇을 한 민비는 반드시 찾아내 죽여야 한다'는 시위대의 주장은 더욱 거셌다. 대원군은 시국 안정과 정적 제거라는 두 마리의 토끼를 한꺼번에 잡기 위해 거짓으로 민비의 국상을 발표하고 장례까지 마쳤다. 그러나 대원군의 재집권은 '33일 천하'로 끝장나고 말았다. 청의 군대가 들어와 난을 진압하면서 국내 정치에 개입한 결과였다.

청은 북양함대 제독 정여창과 마건충을 조선에 급파해 상황을 살피다가 오장경에게 병력 3천을 주어 출병을 명했다. 인천에 주둔 중인 일본군과의 충돌을 피하기 위해 남양만으로 상륙한 오장경은 8월 26일 김윤식과 함께 고종과 대원군을 예방했다. 오장경은 그 자리에서 대원군을 자신들의 군사기지인 용산으로 초대하겠다는 의사를 밝혔다. 아무런 의심도 없이 청의 군영을 찾은 대원군을 오장경은 임오군란 배후자라 지목, 납치하여 톈진으로 압송해 버렸다. 은퇴했던 대원군이 재집권하자 환호하며 들떠 있던 도성의 백성과 구식 군인들은 청의 이 같은 조치를 배신 행위로 규정하고 곳곳에서 항의 시위를 벌였다.

한편, 본국으로 도망갔던 일본 공사 하나부사가 1천 2백 명의 군사를 끌고와 충무로와 을지로 사이에 주둔시키고는 조선 정부를 상대로 임오군란 때 입은 피해 보상을 요구했다. 임오군란을 빌미로 주모자 처벌, 피해 보상, 추가 개항 및 통상 확대, 상시 병력 주둔 등 8개 항목을 압박하기 시작했다. 조선 조정은 그들의 강압에 못이겨 1882년 8월 30일 굴욕적인 제물포조약을 체결하고 말았다. 거금의 보상금을 지급하고 일본 공사관에 수비대 병력을 주둔시키는 데 합의한 것이었다.

"임오군란 때 청국의 개입은 누가 부탁했을까?"

항상 궁금한 게 많은 B가 물었다.

"민비가 극비리에 청에 김윤식과 어윤중을 보내 부탁했다는 설이 있으나 그게 아니라는 사실이 밝혀졌네. 뭐고 하니, 2006월 7월 1일에 발견된 민비의 피난 기록, 『임오유월일기』 8월 29일 자 일기를 보면 장호원에 칩거 이후 세상 돌아가는 사정을 모르는 민비가 사람을 시켜 경성에 붙은 방문을 베껴오도록 했다는 거야. 사실 민비는 아무것도 모르고 있었고 고종 아니면 민씨 척족들이 청국에 가 있는 김윤식, 어윤중과 접촉하고 이 두 사람이 이홍장과 상의해서 청군을 불러들였다는 설이 유력하네."

이로써 청은 조선 정부에서도 진압하지 못한 군란을 진압해줌으로써 조선을 직접적으로 지배할 수 있는 절호의 기회라고 여기게 되었고, 고종 역시 믿을 곳이라고는 오직 청나라밖에 없다고 생각한 것으로 보인다.

개화파의 갑신정변

임오군란이 종료되자 장호원 친가에 피신해 있던 민비는 그해 9월 12일, 51일 만에 환궁하였다. 대원군을 텐진으로 납치하여 임오군란을 평정, 고종과 민비를 복권시킨 청나라는 위안스카이(원세개)를 서울에 상주시켜 조선 내정에 깊숙이 관여하기 시작했다.

위안스카이는 1882년 10월 14일 조선 조정에 '조청상민수륙무역장정(朝淸商民水陸貿易章程)'을 강요하는 등 경제 침투를 강화하였다. 이 조치는 대등한 국가 간의 조약이 아니라 청의 황제가 속국 조선 왕에게 내리는 일종의 행정 명령이라고 볼 수 있었다. 그뿐만이 아니었다. 1882년 12월 13일에는 조선의 정치와 외교를 지도하는 고문으로 독일인 묄렌도르프와 마건충을 임명하였다. 일이 이렇게 되자, 조선의 급진 개화파는 반청 친일 노선을 추구하는 집단세력으로 뭉치게 되었다. 이런 개화파를 고종과 민비가 좋아할 리 없었다. 개화파는 민씨 정권의 정적이 되었다.

갑신정변이 일어나기 전, 이홍장은 조선에 주둔 중이던 청의 주력 부대를 빼서 프랑스와 일전을 벌이는 인도차이나 전선에 투입했다. 개화파는 이를 호기로 삼았다. 외세를 빌어 조선을 개화시키려는 충정이었으나 그 결과는 그들의 뜻과는 달랐다. 처음, 개화파는 미국의 힘을 빌리려 하였으나 미국 공사 루프는 타국에 대한 지나친 간섭을 꺼리는 미국의 외교정책상 불가하다며 난색을 표했다. 이때 일본 공사 다케죠 신이치로(竹添進一郎)가 접근하여 불쏘시개 역할을 하였다. '청불전쟁으로 정신없는 틈을 이용하여 내정 개혁을 단행하여야 한다'는 것이었다. 그러면서 적극적인 지원도 약속했다.

다케죠로부터 병력 지원을 약속받은 개화파는 1884년 10월 17일 우정국 낙성식 날을 디데이로 잡았다. 이날 행사가 막바지에 이르러 자축연이 한창일 때 북문 마을에 불을 지르는 것을 신호로 거사가 시작되었다. 개화파의 1차 목표는 민씨 세력의 주요 인물을 살해하고 고종의 신병을 확보하는 일이었다. 일본군을 앞세운 개화파는 민비의 일족인 민영익을 제압한 후 창덕궁으로 몰려가 고종과 민비를 호위하여 경비하기 용이한 경우궁으로 옮겼다. 그리고 고종에게 '일병래처(日兵來處)' 네 글자를 쓰게 하여 일본 공관으로 가 병력을 요청했다. 이어 왕명을 사칭해 중신들을 경우궁으로 불러 모두 때려 죽였다. 민태호, 민영목,

조연하, 한규직, 윤태준, 이조연 등이 그 대상이었다. 수양대군이 단종의 어명을 빙자하여 조정의 반대파 중신들을 무참하게 살해한 1453년 단종조에 발생한 계유정난의 되풀이였다.

개화파는 정권을 잡은 다음 날인 1884년 10월 18일 신정부 요직 인사를 발표했다. 홍영식을 우의정에, 박영효를 전후영사 겸 과포도내상에, 서광범을 좌우영사 겸 우포도대장에, 서재필을 병조판서에, 박영교를 도승지에 임명했다. 10월 19일에는 국가 제도를 전면적으로 뜯어고치는 혁신 정강 14개항도 공표했다. 정강의 주요 내용은 청에 대한 조공을 폐지할 것, 중국에 잡혀간 대원군을 귀국시킬 것 등이었다.

그러나 서울에 남아 있던 청군의 반격도 거셌다. 정세가 불리해지자 일본 공사 다케죠는 개화파와의 약속을 저버리고 혼자서 본국으로 도망쳤다. 결국 갑신정변은 '3일 천하'로 끝나고 말았다. 정변을 주도했던 개화파 중 살아남은 김옥균, 박영효, 서재필 등은 일본으로 도망갔다.

이러한 변란의 배후였던 일본은 뻔뻔하고 가증스럽게도 갑신정변 때 입은 피해 보상을 요구하며 조선 조정을 겁박하기 시작했다. 이를 견디지 못한 조선 조정은 1884년 11월 24일 '한성조약'을 체결하고 말았다. 이 조약은 갑신정변의 후속 처리에 관련된 것들이었다.

1. 조선은 일본에 공식 사과하고 보상금을 지급한다.

2. 불탄 일본 공사관 신축 비용을 부담한다.

이런 내용이었다.

조선 조정에서는 갑신정변의 주동자인 김옥균의 신병 인도를 요청했지만 받아들여지지 않았고 일본의 일방적인 요구만 받아들이고만 꼴이었다.

이 조약으로 일본은 조선 내정에 간섭할 구실이 생기긴 하였지만 조선 병탄의 여건이 완전하게 조성될 동안 가급적 청국과의 마찰을 피하고자 하였다. 노회한 외교관인 이토 히로부미는 1885년 3월 청나라의 실권자인 이홍장에게 조선의 현안을 논의코자 하니 텐진에서 만나자고 제의하였다. 청불전쟁 때문에 숨 돌릴 여유가 없는 청나라는 급한 불부터 꺼야 했으므로 이에 응해 마침내 텐진조약이 체결되었다. 그 내용은 다음과 같다.

1. 즉시 양국은 조선 땅에서 군대를 완전 철수하기로 한다.
2. 차후 조선에 병력을 보낼 시 상대국에게 필히 통보하여야 한다.

텐진조약의 약정대로 청·일 양국의 군대는 조선땅에서 모두 물러났다. 남의 나라에 들어와 주인 행세를 하며 으르렁거리던 두 마리의 호랑이가 스스로 물러간 것이었다.

이로부터 1894년 동학농민혁명이 일어나기 전까지 조선 땅에는 외국군이 주둔하지 않았다. 그러나 이후에도 위안스카이에 의한 내정 간섭은 계속되었고 일본 역시 조선 내정에 개입할 명분을 찾으려고 눈에 불을 켜며 기회를 엿보고 있었다.

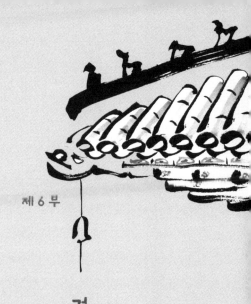

제 6 부

격동의 조선

동학농민혁명의 발발

텐진조약 체결로 청·일 양군이 철수한 조선땅에는 잠시 안정
이 지속되고 있었다. 그러나 탐관오리의 비행과 종교 세력에 대
한 탄압이 맞물리면서 새로운 불씨가 타오르기 시작했다. 바로
농민혁명과 동학사상의 결합이었다.

동학은 천주교를 일컫는 서학에 상대해서 쓰는 말이었다. 동
학 교주 최제우가 오랜 정신적인 방황과 수행을 거쳐 마침내 새
로운 종교를 깨우쳤는데 그게 동학의 이념이 되었다. 동학은
1860년 최제우에 의해 창도되었다. 동학이라는 명칭은 1905년
3세 교주인 손병희에 의해 '천도교'로 개칭되었다.

동학의 교지는 보국안민(輔國安民) 광제창생(廣濟蒼生)이었다. 2

세 교주인 최시형에 이르러서는 사인여천(事人如天, 사람 섬기기를 하늘 같이 한다.), 물물천사사천(物物天事事天, 인간뿐만 아니라 모든 자연의 산천초목에 이르기까지 한울에 내재한 것으로 본다.)이라는 범천론적인 사상이 널리 사람의 마음을 사로잡았다. 손병희는 더 나아가 사람이 곧 한울이라는 인내천(人乃天)을 동학의 종지(宗旨)로 선포하였다. 그러나 조선 조정에서는 동학 이념을 혹세무민(惑世誣民)의 종교로 규정하고 1864년 교주 최제우를 처형하였다. 이에 지하로 숨어든 동학은 끈질긴 물밑 전도로 차츰 교세를 확장하기에 이르렀다.

교세가 확장되자 동학혁명 발발 2년 전인 1892년 신도들은 '교조신원(敎祖伸寃)운동'을 터놓고 전개하기에 이르렀다. 교조신원운동이란, 사교로 처형 당한 교주 최제우의 억울함을 풀고 포교의 자유를 인정받기 위해 동학교도들이 벌인 집단행동을 말한다. 이 운동은 탐관오리의 축출, 외세 배척 등 정치적인 요인도 들어 있어 일종의 사회운동적인 성격을 띠게 되었다. 동학군이 내건 제폭구민(除暴救民) 축멸왜이(逐滅倭夷) 진멸권귀(盡滅權貴) 등이 그 실례였다.

동학은 최제우가 창도(創道)한 지 3년 만인 1863년에 많은 신자를 얻을 수 있었다. 전국 각처에 접소(接所)를 두고 그 지방의 유지를 접주로 삼아 교세를 늘려나갔다. 2세 최시형에 이르러 전라, 경상, 충청 등 3남지방으로 교세가 확장되었다. 그 결과 '접포(接包)'의 교단 조직이 형성되었다. '접' 아래 '포'를 두었고, 포에는 6임제라고 하여 '교장, 교수, 도집, 집강, 대정, 중정'을 두었다. 동학농민운동 때 동학 조직이 총출동한 사건을 '기포(起包)'라 칭하는데, 이들 '포 조직이 봉기했다'는 의미다.

갑오년 동학농민혁명의 단초는 1894년 음력 1월 10일 전라도 고부에서 일어난 민란이었다. 당시 고부 농민들은 탐관오리의 수탈에 시달리고 있었다. 고부 군수 조병갑은 탐관오리의 전형적인 인물이었다. 백성들의 고혈을 짜내는 데만 주력하였다. 관내의 '만석보'를 보수하여 담수량을 증대시키고 나서 그 구실로 수세를 대폭 올린 일이 있었다. 농민들의 분노는 하늘을 찔렀다. 거의가 동학교도들인 고부 농민들은 전봉준을 중심으로 죽창과 농기구를 들고 고부 관아로 몰려갔다. 군수 조병갑은 도망가고 고부 관아는 농민들이 점령했다.

급보를 접한 조정에서는 사태 수습을 위해 장흥부사 이용태를 안핵사로 임명, 고부로 올려 보냈다. 벽사에서 조달한 역졸 800명을 이끌고 고부에 들이닥친 이용태는 백성들의 고충을 듣고 위무하며 사태 수습에 임해야 마땅할 안핵사의 직분을 망각한 채 일방적으로 농민들을 탄압했다. 불문곡직 붙잡아 가고 폭행을 가해 옥에 가두는 등 농민들 가슴에 불을 질렀다. 수하의 역졸들은 부녀자를 겁탈하고 재물을 빼앗는 등 인간 이하의 만행을 저지르고 있었다.

이에 분개한 동학 접주 전봉준은 고부 봉기로도 뜻이 이루어지지 않자, 그해 3월 21일 최시형 탄생일을 기해 농민군 4천 명을 이끌고 무장(지금 고창)에서 대대적으로 봉기하였다. 그게 동학동민혁명의 1차 봉기이다. 동참자가 차츰 늘어나 그 규모는 갈수록 확대되었다. 그들의 본진이 있는 백산(부안)에 8천여 명의 농민군이 모였는데 어떻게나 사람이 많았던지 '앉으면 죽산 서면 백산'(앉으면 죽창만 보이고 서면 하얀 인파만 보인다)이라는 말이 생겨날 정도였다.

그해 4월, 전봉준·손화중·김개남 등이 이끄는 농민군은 황토현(성읍)에서 전라도 감영군과 맞붙어 대승을 거두었다. 농민군의 기세에 놀란 정부에서는 중무장한 관군을 내려 보냈으나 그들 역시 황룡천(장성)전투에서 장흥 용산 접주 이방언이 이끄는 동학군에게 대패하고 말았다. 이 전투에서 신병기 '장태'가 등장했다. 장태는 닭을 잠재우는 둥글고 길쭉한 도구인데 대나무 껍질로 만들었다. 빈 장태 속을 짚 같은 덤불로 가득 채우고 몸을 숨긴 채 장태를 굴리면서 공격하면 위압적이었다. 미끄러운 대나무 장태는 관군의 총알이 뚫지 못하므로 요즘으로 치면 장갑차 역할을 하였던 것이다. 승기를 잡은 농민군은 여세를 몰아 4월 27일 전주 감영이 있는 전주성을 공격하여 쉽게 점령했다.

다급해진 민비는 앞뒤 살피지 않고 급히 청나라에 파병을 요청했다. 조선땅에서 물러나 있던 청나라 군대는 얼씨구나! 쾌재를 부르며 5월 초에 조선땅에 다시 발을 들이밀었고 일본 역시 텐진조약의 약조 내용에 의거 조선에 군대를 급파했다. 두 마리의 호랑이가 다시 조선땅에 나타나 맞닥뜨린 것이었다. 이에 놀란 조정에서는 전라 감사에게 동학 민란의 수습을 지시했다. 전라 감사는 급히 농민군 수뇌를 만났다.

"청나라와 일본 두 나라가 다시 조선에 들어온 것은 우리 자체의 내전 때문인 것이다. 그들 두 나라 군사를 이 땅에서 내보내려면 우리가 강화하여 그 명분을 제거해야만 한다. 한시가 급하다."

전라 감사가 이런 요지로 농민군 수뇌를 설득하자 그러잖아도 농번기가 되어 일손이 부족한 여건을 감안한 농민군 수뇌부도 흔쾌히 동의하였다. 정부와 농민군 양측은 5월 7일 '전주화약'을 맺고 폐정 개혁안 12개 조에 서명한 후 전주 관아에서 물러나 일단 해산, 귀가하여 농사를 거들게 하였다.

전주화약의 내용은 다음과 같다.

1. 도인과 정부와 사이에는 숙혐(宿嫌)을 탕척(蕩滌)하고 서정(庶政)을 협력할 것
2. 탐관오리는 그 죄목을 사득(査得)해 일일이 엄징할 것
3. 횡포한 부호배를 엄징할 것
4. 불량한 유림과 양반배는 못된 버릇을 징계할 것
5. 노비 문서는 불태워 버릴 것
6. 칠반천인(七班賤人)의 대우를 개선하고 백정 머리에 쓰는 평양립(平壤笠)은 벗어 버릴 것
7. 청춘과부의 개가를 허락할 것
8. 무명잡세는 일체 거두어들이지 말 것
9. 관리 채용은 지벌(地閥)을 타파하고 인재를 등용할 것
10. 왜(倭)와 간통(姦通)하는 자는 엄징할 것
11. 공사채를 막론하고 기왕의 것은 무효로 할 것
12. 토지는 평균으로 분작(分作)하게 할 것

전주화약 이후 전봉준은 전주 감사와 협력 체제를 구축하고 집강소(執綱所)와 도소를 통한 폐정 개혁에 주력했다.

1885년 톈진조약 이후부터 1894년 동학농민혁명 발발 때까지 10년 동안 이 땅에 외국군이 존재하지 않았는데 민비의 오판 때문에 다시 외세가 개입하게 되고, 이는 청일전쟁으로 확대되었다. 이 전쟁은 1894년 7월 25일부터 1895년 4월 7일까지 지속되었다. 전주화약에 의거 해산했던 농민군 측은 청일 양국의 전투 상황을 예의 주시하고 있었다. 전황은 청군에게 불리하게 전개되었다. 일본 육군은 성환 전투에서 크게 이기고 청군을 쫓아 평양까지 진격하였다. 사태의 심각성을 깨달은 농민군은 1894년 9월 18일 다시 봉기하였다. 이것이 외세 척결을 요구한 2차 봉기다.

김개남이 남원에서 봉기하고 전봉준도 삼례에서 봉기했다. 재집결한 전국의 농민군은 20만 명에 이르렀다. 농민군은 음력 11월 초 서울을 향해 진격의 나팔을 울렸다. 그러나 농민군은 숫자만 많았지 제대로 된 무기가 없었다. 쓸 만한 대포 1문 기관총 한 정 없고 구닥다리 화승총, 죽창, 쇠스랑 같은 농기구뿐이었다.

동학 농민군의 재봉기 소식을 접한 일본군은 평양에서 급히 발길을 돌려 농민군의 상경을 저지하는 작전을 폈다. 천험 우금치 요충지에 진을 치고 상경하는 농민군을 기다리고 있었다. 이 전투에서 조선의 관군과 일본군 연합부대는 가공할 만한 화력으로 오합지졸이나 다름없는 농민군을 박살내 단숨에 전세를 뒤

집고 말았다.

농민군은 힘 한 번 제대로 써보지도 못한 채 크게 패해 남으로 후퇴하고 말았다. 청주에 진치고 있던 김개남 부대 역시 크게 패하면서 농민군의 주력은 와해되고 말았다, 관군과 일본군이 그 뒤를 무섭게 따라 붙었다. 전봉준은 정읍의 '입암산성'에 잠시 머물다가 순창 쌍치면 피로리 내종형 집으로 피신하였으나 정부에서 내건 거액의 현상금에 눈이 먼 내종형의 밀고로 저항도 못해 보고 붙잡히고 말았다. 체포된 전봉준은 압송되었다.

전봉준이 체포되자 구심점을 잃은 농민군은 천지 사방으로 뿔뿔이 흩어져 버렸다. 그렇다고 해서 농민군이 완전히 와해된 건 아니었다, 나머지 농민군은 남해안 장흥부로 집결했다. 장흥 용산면 묵촌 마을에 거주하는 동학 용산 접주 이방언에게 의지할 요량을 한 것이었다.

장흥부 외곽에 집결한 농민군은 전열을 가다듬은 후 음력으로 그해 12월 5일 맨먼저 벽사역부터 공격하였다. 갑오년 1차 봉기 때 이용태를 따라 고부에 온 역졸들에게 앙갚음하기 위함이었다. 역졸들을 요절낸 농민군은 여세를 몰아 그 다음 날인 12월 6일 장흥읍성을 집중 공격했다. 성문이 열리는 건 시간 문제일 뿐이었다. 우르르 성안으로 쇄도한 농민군들은 부사 박헌양 부자와 성을 지키던 관속 관군 등을 모조리 처형하고 농민군의 깃발을 성루에 꽂았다.

농민군의 공격은 그칠 줄 몰랐다. 12월 7일 강진읍을 점령하고 12월 8일에는 전라도병마절도사가 지키는 병영성도 함락했다. 일천여 명의 관군을 통솔하는 전라도 병마절도사 서병무는 싸우기도 전에 뒷문을 통해 나주 감영으로 도망가 버렸다.

급보를 접한 조정에서는 전주에 머물고 있는 관군과 정예 일본군을 장흥으로 급파했다. 양측은 남문 근처 석대들에서 조우했다. 15~16일 벌어진 이틀간의 전투에서 농민군 2천 명이 희생되었다. 겨우 살아남은 농민군들은 근처 산속이나 남해에 즐비한 낙도 둥지로 뿔뿔이 흩어져 버렸다.

1895년 1월 지도부 대부분이 체포되고 교수형에 처해지면서 동학혁명은 마무리되었다. 사적 495호로 지정된 그날의 격전지 석대들은 정읍 황토현, 공주 우금치, 장성 황룡강과 함께 동학농민전쟁 4대 전적지가 되었다.

"자네는 동학농민혁명에 대해서 너무나도 잘 아는데, 언제 그렇게 공부를 하였나?"

내 얘기를 경청하던 B가 정곡을 찌르고 있었다. 나는 잠시 생각에 잠겼다. 자초지종을 얘기하자면 우리 집안의 속살을 내보여야만 하는 어려움 때문에 난감하기 짝이 없는 일이었으나 기왕지사 말이 나온 김에 과감하게 까발려 보이기로 마음을 정했다.

"공부한 게 아니네. 우리의 가족사와 연계된 때문이네. 우리 집안은 대대로 장흥읍성에서 살았다는구면. 할아버지는 명색이 양반이라서 항상 갓을 쓰고 다니셨대. 동학농민군이 속속 장흥 외곽으로 몰려들자 장흥읍성에 거주하는 양반들 모두는 전전긍긍하였다 하네. 당시 농민군의 제1타깃은 관료, 제2타깃은 양반들이었으니까. 할아버지는 읍내 양반 부스러기들과 함께 마량 포구로 피난을 떠나셨는데 마량 포구에 당도해 출발하려는 순간, 할아버지께서 갑자기 하선하는 거라. 모두들 놀라 만류하였지만 할아버지는 막무가내였대. '노모께서 병환 중이신데 자식된 도리를 다하지 못했으니 불효막심이 이만 저만이 아니다.'라면서 말야. 장흥성 남문 외곽 강진과 병영으로 갈리는 3거리 지점 '남정지'에 당도한 할아버지는 경계 중인 농민군에게 붙잡혔네. 농민군들은 갓을 쓴 양반을 붙잡았다면서 불문곡직 위해를 가했다는 거야. 이러한 기록은 우리 문중의 문집에도 기록되어 있으니 한번 보여드리겠네. 그래서 할아버지의 기일이 12월 8일이라네. 그게 끝이야."

"저런! 저런! 그런 일이 있었구만. 내가 괜히 쓸데없는 말을 꺼내 자네 심기를 불편케 하였구만. 미안하네."

B가 내 등을 토닥거리며 위로하고 있었다,

조선의 개화를 촉진한 갑오경장

갑오년 동학농민혁명에 청이 개입한 것을 빌미로 다시 들어온 일본은 내정간섭을 본격화하기 시작했다. 비록 개혁이라는 명분을 내세웠지만, 실상은 일본이 조선 정국의 주도권을 장악하려는 속셈이 깔려 있었다. 그것이 바로 갑오경장이다.

갑오개혁은 일본의 강제에 의해 세워진 친일정권이 1894년 7월 27일부터 추진한 일련의 개혁을 말한다. 청일전쟁 바로 직전 양국이 각기 자신들의 군사를 아산과 제물포에 집결 중이던 7월 3일 일본 공사 오토리가 조선 정부에게 내정 개혁안을 제시한 사건이 있었다. 이를 관철하자면 군사적인 힘이 필요했다.

1894년 7월 23일 오토리는 제물포에 주둔 중인 일본군을 한성으로 불러들여 궁중에 난입시키고 고종을 납치하였다. 고종을 인질 삼은 일본은 친청(親淸) 세력인 민씨 정권을 몰아내는 한편, 임오군란 때 텐진으로 잡혀갔다가 4년 만에 귀국한 홍선대원군을 영입하여 친일 정권을 세웠는데 그게 바로 1차 김홍집 내각이다.

여기에서 지리적인 중요성이 인식된다. 당시 조선에 출병 중인 청군도 있었는데 전혀 맥을 추지 못한 것은 청군은 도성과는 거리가 먼 아산에 진을 친 때문이었다. 양국군이 출병시 서로의 불상사 방지를 위해 출입로를 일본군은 제물포로, 청군은 아산으로 약조했기 때문에 절대적으로 청군이 불리했던 것이다.

1차 김홍집 내각의 면면은 영의정에 김홍집, 회의총재에 박정양, 의원에 김윤식, 조희연, 김가진, 안경수, 김학우, 유길준 등 17명이었으며 김홍집 내각은 그후로도 3차례나 개혁을 추진하였다.

1차 개혁

홍집을 수반으로 하는 친일내각을 구성한 조선 정부는 일본의 권유를 받아들여 7월 27일 군국기무처를 설치하고 왕실과 정부 사무를 분리, 6조(曹)를 8아문(衙門)으로 개편하였다. 언론 3사인 사헌부·사간원·홍문관을 폐지하고 경무청을 신설하는 한편 과거제도를 폐지하는 대신 각 아문의 대신들이 능력에 따라 관료를 임명하게 했다. 사실상 양반 중심의 신분제를 폐지한 것이다. 이렇듯 군국기무처 주도하에 약 210건의 개혁안을 제정 실시하였다. 일본은 여기에 만족하지 않고 청일전쟁을 일으켜 승리 후 청나라를 조선에서 축출할 계책을 강구하고 있었다. 당시 조선 주둔 일본군은 7천 명의 대병이었으니 가능한 일이었다.

2차 개혁

청일전쟁에서 승기를 잡은 일본은 조선의 내정간섭을 본격화하기 시작했다. 이노우에를 조선주차특명공사로 보내 조선을 보호국으로 삼을 계획을 착착 실행에 옮겼다. 1차 내각에 참여한 흥선대원군을 물러나게 하고 망명 정객 박영효(내무)와 서광범(법무)을 입각시켜 김홍집, 박영효의 연립내각을 수립케 하였다. 제2차 김홍집 내각의 탄생이었다. 김홍집 내각은 〈홍범 14조〉를 발표, 8도 중심의 지방제도를 개편, 23부를 설치하고. 사법권을 독립시켜 지방재판소, 순회재판소, 고등재판소를 만들고, 탁지부 산하에 징세서 220개소를 설치하였다. 그리고 궁내부에 시위대 2개 대대, 일본군 지휘하의 훈련대 2개 대대를 신설하였고 사범학교, 한성외국어학교를 설립하는 한편 일본에 유학생을 보내도록 하였다.

〈홍범 14조〉의 내용은 다음과 같다.

1. 청에 의존하는 관념을 끊고 자주 독립의 기초를 확실히 건립한다.
2. 왕실 전범을 개정함으로써 대위 계승과 조친 친족의 명분과 의리를 명백히 한다.
3. 대군주는 정전에 나와 정사를 보고 국정은 각 대신과 친히 논의하

여 재결하며 후빈종척(后嬪宗戚)의 관여를 금한다.

4. 왕실사무와 국정사무는 분리하여 혼합됨을 금한다.

5. 의정부와 각 아문(衙門)은 직무 권한을 명백히 한다.

6. 민의 조세는 모두 법령에 정한 바를 따르며 명목을 더해 함부로 징수함을 금한다.

7. 조세의 부과 징수와 경비지출은 모두 탁지아문(度支衙門)에서 관할한다.

8. 왕실비용을 솔선 절감하고 각 아문 지방관의 모범이 된다.

9. 왕실과 관부비용은 연간예산을 작성하고 재정적 기초를 확립한다.

10. 지방관제를 개정하고 지방관리의 직권을 한정한다.

11. 나라 내의 총명한 인재를 널리 외국에 파견하여 학술 기예를 견습한다.

12. 장관(將官)을 교육하고 징병법을 실시하여 군제의 기초를 확립한다.

13. 민법 형법을 엄히 제정하여 함부로 감금 징벌을 금지하며 민의 생명 재산을 보호한다.

14. 인재를 구함에 문벌(門閥) 지벌(地閥)에 구애받지 않고 널리 골고루 등용한다.

이 〈홍범 14조〉는 1895년 1월 7일 고종이 종실 백관을 거느리고 종묘에 나가 선포했으나 정부의 재정 궁핍, 내각 내의 온건파와 급진개혁파 간의 갈등으로 잠정적 중단되었다.

3차 개혁

1895년 8월부터 1896년 2월까지 제3차 김홍집 내각에 의해 추진되었다. 3차 내각은 러시아의 입김으로 일본 세력이 퇴조할 무렵 탄생하였다. 이에 따라 친미·친로파가 주요 사업으로 정한 소학교령이 제정되고 1896년 1월 1일부터 '태양력 채용'을 실시하는 건의안이 들어 있었으나 실행되지 못했다. 1895년 민비가 시해된 을미사변의 처리 과정에서 김홍집 내각이 보여준 친일 일변도의 처신과 고종이 양복을 입고 손수 상투를 잘랐던 단발령의 무리한 실시로 백성들의 호응을 이끌어 내지 못했다. '신체발부수지부모불감훼손효지시야(身體髮膚受之父母不敢毁損孝之始也)'의 유교사상에 철저한 유생층과 일반 백성들의 반발과 고종의 아관파천으로 갑오개혁은 실패로 끝나고 말았던 것이다.

이후 김홍집은 친일 역적으로 지목되어 저잣거리에서 성난 군중에게 맞아 죽는 비참한 최후를 맞이하고 말았다. 이처럼 갑오경장은 시의성(時宜性)과 당위성에도 불구하고 추진 세력이 일본의 무력에 의존하였다는 제약성 때문에 국민들의 반발에 부딪쳐 좌절되고 말았다.

청일전쟁과 아관파천

    앞에서 언급한 바 있는 청일전쟁은 1894년 발발한 동학농민혁명의 와중에서 벌어졌다. 이 농민 투쟁은 텐진조약으로 조선땅에서 물러나 있던 청일 두 나라의 군대를 다시 불러들이는 계기가 되었다. 민비의 파병 요청을 수락한 청은 1894년 6월 6일, 4,600명의 병력을 아산만을 통해 파병하였고, 일본 역시 1894년 6월 8일에 4,500명의 군대를 제물포로 상륙시켰다. 조선 정부에서는 청일 양국에게 "이제 우리의 내전이 종료되었으니 제발 돌아가 달라"고 요청하였지만 두 나라는 막무가내였다. 그해 6월 13일 일본 정부는 조선 주재 공사 오토리 게이스케에게 은밀히 훈령을 내려 이번 기회에 청나라의 영향력을 제거할 필요가 있으니 가능하면 오랫동안 조선에 머물러 있으라고 지시했다.

1894년 6월 22일 일본으로부터 추가 병력이 도착하자 오토리 공사는 7월 3일 내정 개혁안을 제시하며 조선 조정을 압박하였다. 그뿐만이 아니었다. 청군과의 일전을 각오하고 7월 19일 연합함대를 구성하는 등 전쟁 준비에 박차를 가하는 한편, 7월 23일 경복궁을 점령, 고종의 신병을 확보한 후 새로운 친일내각을 구성하게 한 것이었다.

새로 들어선 김홍집 내각은 청나라와의 모든 조약을 파기하는 한편, 일본군이 청군을 조선에서 몰아내는 데 동의하였다. 일본은 만일 청일전쟁이 발발한다면 아산만의 청군을 바다에서는 해군으로 봉쇄하고, 육군으로 하여금 육지의 배후를 포위케 하는 작전을 세워 놓고 있었다. 이처럼 사전 준비를 갖춘 일본군은 1894년 7월 25일 청군에게 싸움을 걸었다. 경복궁을 점령하고 고종의 신병을 확보한 2일 후의 일이었다.

아산 근해를 순찰 중이던 일본 군함이 아산 기지에 정박 중인 청국 군함을 공격함으로써 청일전쟁의 막이 올랐다. 1시간 동안 벌어진 풍도해전에서 청군은 기선을 제압당하고 말았다. 광을호가 폭발하고 제을호는 본국으로 도망가 버림으로써 청은 이빨 빠진 호랑이임을 스스로 천명하고 말았다.

당시 양국의 세력은 10 : 1 정도로 청국이 우세하였다고 하지만 청의 내부는 썩을 대로 썩어 있었다. 일본은 10년 동안 군비를 대폭 확장하는 등 눈부신 발전을 보인 데 비해 청은 7년 동안 단 1척의 함정도 만들지 못했다. 그 까닭은 실권자인 서태후가

별장 이화원 조성을 위해 국고를 탕진한 때문이었다. 당시 중국의 주력 함대 전원에는 포탄이 단 1발뿐이었다 하니 알 만한 일이었다. 국제 정세도 청에게 불리하여 인도차이나 반도에서의 대 프랑스 전쟁으로 전선이 이원화된 점도 패배 요인으로 작용하였다.

8월 초 일본군은 공주, 성환 등지에서 청군에 승리하고 청군을 몰아부쳐 9월에는 평양에서 대승을 거두었다. 청군은 압록강을 건너 본국으로 후퇴하고 말았다. 전쟁의 승리를 목전에 둔 일본은 조선 내정에 적극적으로 간섭하기 시작하였고 군수물자의 현지 조달 작전으로 조선 백성들의 고초는 매우 심했다.

승승장구하는 육군 못지않게 일본 해군도 연승가도를 달리고 있었다. 1894년 9월 17일 황해전투에서 청나라 북양함대를 격파하였고 육군 또한 10월 24일 압록강을 건너 중국 본토로 진격하여 11월 22일 여순을 점령했다. 연이은 참패로 힘을 잃은 청국은 일본에게 굴욕적인 강화를 요청하였으나 일본은 이 제의에 응하지 않고 공격을 계속 퍼부었다. 해군으로 위해위를 봉쇄한 다음 후방인 육지로 육군을 투입해 위해위를 완전히 손에 넣었다. 사태의 급진전에 당황한 청은 이홍장을 대표로 하는 사절을 일본에 보내 항복의 뜻을 전하고 시모노세끼에서 만나 굴욕적인 시모노세끼 조약을 체결하였다.

패전국이 된 청은 막대한 전쟁 배상금과 함께 영토인 타이완과 요동반도를 일본에게 내어주게 되었다. 그러나 러시아가 주동이 된 프랑스, 독일, 3국의 간섭으로 일본은 입안에 다 넣은 요동반도를 청에게 되돌려주지 않으면 안 되었다. 막강한 일본을 가볍게 제압하는 러시아의 위력을 실감한 민비는 그때부터 러시아에 빌붙어 일본을 몰아낼 궁리를 하고 있었다. 조정에는 이완용, 이범선 등 친러 세력이 새롭게 등장하였고 그들은 일본 견제에 틀어갔나. 이러한 기류를 타개하기 위해 일본은 을미사변을 획책하기에 이르렀고, 이후 제3차 김홍집 내각을 구성하게 된다.

1895년(고종 32년) 을미년에 일본의 자객들이 경복궁에 침입하여 민비를 시해한 사건이 있었다. 이 사건을 역사에서는 '을미사변' 혹은 '민비 시해사건'이라고 칭한다. 그해 10월에 일본 공사 미우라 고로의 지휘 아래 경복궁에 들이닥친 일본군 한성수비대 미야모토 다카다 부대가 민비를 시해하는 엄청난 사건을 저질렀다.

"이 사건의 암호명은 '여우사냥'이었지. 왜놈들이 민비의 몸에 칼을 꽂은 후 돌아가면서 능욕하였다는 기록도 있어."

내가 비분강개하며 말을 꺼냈다. B 역시 어조를 높였다.

"김진명 작가의 글에서 읽었어. 민비 시해에 직접 가담한 일본 낭인은 20여 명이었는데 6명까지는 강간이었고 그 이후부터는 시간(屍姦)이었다누만."

"설마? 일본 자객들은 궁녀들 속에 숨어 있는 민비를 찾기 위해 출산 여부를 확인하려고 일일이 국부 검사를 하였다는 설도

있어. 그게 과장되었는지도 몰라. 좌우지간 민비의 시신을 도막
내 불에 태웠다는 것은 사실이지만."

"진실은 오직 하나인데 설은 분분하니 어느 말을 믿어야 할
까?"

민비 시해 후 일본은 형식적인 구색을 갖추기 위해 시해에 가
담한 가해자 54명을 일본 법원에 회부하였으나 그 누구도 처벌
을 받지 않았다. 이 사건은 고종이 아관파천을 결행하는 동기가
되었고 '을미의병' 봉기의 기폭제가 되었다. 암살 배후에 이토오
와 흥선대원군이 있었다는 사실을 알게 된 고종은 대원군의 장
례식에도 참석하지 않았다고 한다.

러일전쟁의 발발

　민비가 시해 당한 후부터 넋이 나간 고종은 심기가 불편하여 식사를 걸렀고 신변의 위험 때문에 안절부절 못했다. 각료들은 미국대사관으로 고종을 피신시키려 하였으나 친위대장 이진호의 배신으로 좌절되었다. 때마침 러시아 공관을 수비하기 위해 러시아의 수병부대가 1896년 2월 10일 러시아 공관에 도착하자 고종과 왕태자는 궁 관계자들과 보부상, 러시아 해군의 호위를 받으며 2월 11일 한밤중에 일본군과 친일 김홍집 내각이 장악하고 있는 경복궁을 탈출, 러시아 공관에 도착했다. 이때부터 러일전쟁이 끝날 때까지 일본은 고종과 조선 조정을 함부로 건드리지 못했다. 아관파천이 가능했던 것은 전국에서 일어난 을미

의병을 토벌하기 위해 일본이 장악한 조선 관군과 일본군들이 총출동하여 도성을 비운 때문이었다. 고종의 탈출로를 최근 서울시에서는 '고종의 길'로 명명하여 기리기로 하였다는 기사를 보았다.

고종과 조선 조정이 기습 작전으로 러시아 공관으로 옮겨가자 '닭 쫓던 개 지붕 쳐다보는' 꼴이 된 일본은 아연실색하고 말았다. 반대로 조선 조정을 품에 안은 러시아는 자신들의 영향력을 확대하는 호기로 삼으려 하였다. 그 결과 조선 조정에서는 김홍집 친일 내각이 쫓겨나고 친러 세력이 득세하기 시작했다. 이 기간 동안 조선 정부가 독자적으로 주도한 획기적인 개혁이 있었다. 1897년 10월 12일 '대한제국'의 선포였다. 유사 이래 처음으로 조선은 전세계에 자주국임을 선포한 것이었다. 고종은 황제 칭호를 사용하였고 '광무'를 연호로 정했다. 이 같은 '광무개혁'으로 조선은 어엿한 황제국이 되었다.

아관파천의 여파는 피비린내 나는 숙청으로 진전되었다. 그동안 고종 황제로부터 역적으로 지목된 바 있는 친일 성향의 총리대신 김홍집, 농상공부대신 정병하, 탁지부대신 어윤중 등이 한낮에 큰길에서 성난 군중들에 맞아 죽고 외부대신 김윤식은 제주도로 유배되었으며 내무대신 유길준을 비롯한 10여 명은 일본으로 망명하였다. 아관파천 1년 간은 겉으로는 평안한 것 같았으나 온갖 내정을 간섭하는 러시아의 횡포에 시달리기는 마찬가지였다. 고종은 파천 1년 만에 러시아 병력의 호위를 받으며 경복궁으로 환궁하였다. 당시 고종을 보필하는 측근으로는 수상 박정양, 장관급인 이완용, 이윤용, 윤용선, 이범진 등이 있었으나 러일 전쟁에서 러시아의 패배 후 정세가 급변하자 이완용은 친일파로 변신하여 대한제국을 일본에 헌납하는 1등 공신이 되었다.

　러일전쟁은 1904년 2월 8일에 발발하였다. 남하 정책을 펴는 러시아와, 한반도를 거점 삼아 대륙으로 진출하려는 일본 양국이 첨예하게 맞붙은 전쟁이었다. 이 전쟁은 조선의 입장에서 보면 최악의 위기가 아닐 수 없었다. 한 동굴에 두 마리의 맹수가 살 수 없듯, 한 나라가 패배하는 치킨전쟁으로 끝이 나면 균형의 추가 한쪽으로 기울게 됨으로써 전승국이 일방적으로 독식하는 구도가 형성될 것이기 때문이었다. 당시 세상 사람 모두는 일본과 러시아가 맞붙으면 러시아가 쉽게 승리할 것이라고 믿고 있었다. 러시아는 1백만 대군을 보유하고 있었고 세계 최강의 발틱함대를 보유하고 있었지만 일본은 고작 육군이 2십만 명, 해군력 역시 러시아의 2/3 수준이었다. 그러나 이 전쟁은 단순하게 두 나라만의 전쟁이 아니었다. 러시아의 배후에는 프랑스, 독일이 있었고, 일본의 배후에는 미국과 영국이 있었다. 러시아 편인 프랑스는 평소 러시아와 우호관계를 유지하고 있었기 때문이고 러시아와 국경을 맞댄 독일은 러시아가 동쪽에 관심을 갖기를 원했던 때문에 이해관계가 맞아 떨어진 결과였다. 일본 편이 된 영국은 이미 동맹관계였던 것이고 미국은 원래는 아무 쪽도 관심이 없었으나 일본의 외교적인 구애 작전에 말려들어 어쩔 수 없이 돕게 된 것이었다. 오랜만에 내가 입을 열었다.

"러일전쟁은 일본군이 러시아의 해군 기지인 만주 요동반도의 '뤼순(여순) 항'을 공격하는 것으로 시작되었네. 해군으로 뤼순 항 봉쇄에 성공한 일본의 도고 부대는 1904년 5월 5일 요동반도에 상륙하였고 9월에는 요양을 점령했으며 '노기' 대장이 이끄는 육군 제3부대는 1905년 1월 1일 뤼순을 함락시켰네. 1905년 3월 일본은 봉천 전투에서 러시아에게 크게 승리함으로써 육전은 일본의 완승으로 사실상 마무리되었지만 문제는 러시아의 해군력이었네. 세계 최강을 자랑하는 발틱 함대가 건재하고 있는 때문이었지.

러시아 함대는 이 전쟁에 투입되어 1904년 10월 15일 모항을 출발 최장 원정길에 올랐네. 그러나 러시아 함대는 영국이 지배하는 수에즈 운하를 통과할 수 없었어. 1902년 영국과 일본이 동맹을 맺은 때문이었지. 러시아 함대는 다시 지중해로 나와 아프리카 최남단 희망봉을 경유하느라 많은 시일이 소요되었을 뿐만 아니라 필리핀의 슈빅항에 기항하여 보급이며 정비를 마치고 1905년 5월에야 제주도 남단에 근접하였네. 진해만에 대기 중이던 일본 함대는 5월 27일 쓰시마의 대한해협으로 진을 옮겨 임전 태세를 갖추고 있었어.

일본 지휘부는 적함이 1백미터 전방에 도달할 때까지 절대로 발포하지 말라는 엄명을 내렸다 하네. 일본군은 러시아 함대가 사정권 내에 진입하자 일제히 함포를 작렬시켜 기선을 제압했고 24시간에 걸친 격렬한 해전 끝에 대승을 거두고 말았네. 발틱 함대는 전멸했고, 함대 사령관 로제스트벤스키 제독은 포로로 붙잡혔으며, 겨우 살아남은 전함 몇 척만이 동해를 거쳐 블라디보스토크로 도망쳤다네."

"그렇다면 당시에 러시아 해군이 블라디보스톡에 진치고 있었다면 전쟁의 양상은 어떠했을까?"

B의 반문이었다.

"글쎄? 블라디보스톡항은 겨울이면 결빙이 됨으로 한 해의 절반은 기동이 불가능한 반쪽짜리 항구였기 때문에 뭐라고 단정 내리기 쉽지 않네."

일본은 이미 청국을 물리쳤고 러일전쟁에서도 승리하였으므로 이제는 거칠 것이 없었다. 거추장스러운 장애물을 완전 제거한 일본은 조선의 운명을 손아귀에 넣을 일만 남아 있었다. 그야말로 조선의 운명은 풍전등화 격이었다.

전승국이 된 일본은 먼저 조선 침탈의 정당성을 확보하기 위해 국제적인 조치를 취했다. 미국과 영국을 끌어 들여 일본의 조선 침탈을 정당화하는 일종의 조약을 맺은 것이었다. 당시 미국은 스페인령 필리핀을 강제로 점령하였고 영국 역시 인도, 미얀마 등을 점령하였으므로 야합이 가능한 상태였던 것이다. 그 다음 수순은 조선의 병탄이었다. 이 작업은 노회한 외교관 이토가 주관하였다.

조선의 외교권을 빼앗는 일이 급선무라고 여긴 이토는 고종의 면전에서 외교권을 내놓으라고 겁박하기에 이르렀다. 한규설, 민영기 등 대신들이 강력 항의하였으나 역부족이었다. 친일파로 말을 갈아탄 이완용 등의 배신으로 1905년 치욕적인 을사보호조약(을사늑약)이 체결된 것이었다. 결사 반대하는 고종을 대신하여 약정문에 서명한 이완용, 박제순, 이지용, 권중현, 이근택, 이 다섯 사람을 역사는 '을사 5적'으로 규정하고 있다. 이 조약 체결로 조선의 외교권은 일본으로 넘어가고 말았다.

언론인 장지연은 『황성신문』에 을사늑약의 부당함을 고발했고 고종을 호위하던 시종무관 민영환은 자결하고 말았다. 고종은 늑약 체결 4일 만에 미국 대통령에게 도와 달라는 문서를 보냈으나 미국은 이미 일본과 조약을 맺은 처지라며 난색을 표하면서 거절했다.

고종은 일본 몰래 헤이그에서 열리는 만국평화회의에 이준, 이상설, 이위종 3인을 특사로 보내 을사늑약의 무효를 알리려고 하였으나 조선의 외교권을 박탈한 일본의 방해로 회의에 참석할 수 없었다. 이에 울분을 토하던 이준 열사는 단식 투쟁을 벌이다 타국에서 숨을 거두고 말았고 이 사건으로 고종은 일본에게 퇴위 명분을 제공한 모양새가 되고 말았다.

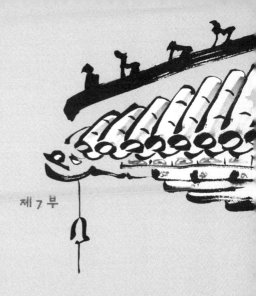

제 7 부

저항하는 의병들

을사늑약의 체결

   천년 고찰 보림사(寶林寺)는 마을에서 자동차로 10분 상거에 위치했다. 나와 B는 고향에 온 걸음에 보림사를 탐방하기로 하였다. 보림사는 해발 3백여 미터의 가지산 산록에 자리하였다. 신라 중기 보조선사가 창건한 구산선종의 첫 번째 사찰이었다. 국사봉에서 발원한 탐진천의 원류가 사찰 앞을 경유 장흥댐으로 유입되고 있었다. 댐을 조성할 때 둑의 높이를 조금만 올렸어도 저수량이 배가했을 텐데 그러지 못한 것은 사찰의 침수를 염려한 때문이었다.

   보림사는 어머니 살아생전 시주 사찰이었으므로 어릴 적부터 어머니의 치맛자락을 붙잡고 따라다녔던 기억이 지금도 생생하다. 보림사를 향해 달리는데 갑자기 B가 엉뚱한 제안을 했다.

"친구! 화순 운주사부터 들르면 안 될까? 보림사는 귀로에 들르기로 하고 말야."

유치 보림사와 화순 운주사는 거리상으로는 지척이었으나 험준한 산으로 가로막혀 있어 내왕이 어려운 상태였다. 그런데 최근에 유치민 운월리와 도암면 중장터 사이에 가마태재 터널이 뚫렸으므로 자동차로 20여 분 거리도 채 안 되는 이웃이 되었는데 B는 그 사실을 알고 있었던 것이다.

"좋을 대로 하드라고."

나는 보림사 일주문을 곁눈질하며 페달을 밟았다. 보림사를 지나자 산세가 험하기로 소문난 암챙이골짜기였다. 인가는 보이지 않고 산봉우리에 긴 장대를 걸치면 바로 연결될 것만 같은 협곡이 한없이 전개되고 있었다. 산짐승 출몰 표지판이 설치돼 있으므로 속도를 낼 수 없어 서행하는데 험준한 산세를 두리번거리다 말고 B가 생뚱맞은 질문을 하였다.

"자네 집안은 원래 읍내에 살았다면서 왜 이런 심심산골로 들어오게 됐나?"

"내가 언젠가 얘기했을 텐데. 까먹었나 보군."

우리 집안은 대대로 장흥읍성에 살았고 동학농민혁명 때 할아버지께서 변을 당한 서글픈 사연은 앞에서 밝힌 바 있다. 청상에 홀로 되신 할머니는 외아들인 아버지를 엄하게 훈육하셨다. 먼저 예절부터 가르쳤으므로 마을에서 칭송받았다. 한학을 깨우친 아버지는 장성하여 장흥 군청의 공무원으로 발탁되었다. 연륜이

쌓이자 승진되어 장평면의 간부로 재직하다가 유치면장 직을 명받았다. 장평면과 유치면은 피재를 사이에 둔 이웃이었다. 아버지는 유치면 소재지에서 2km 채 못 된 지점인 공수평(拱手坪) 마을에 터를 잡았는데 마을의 산세가 마음에 들었기 때문이라 하였다. 나는 이 마을에서 태어났으므로 공수평은 내 탯자리 고향이 되었다. 마을 앞으로는 사시사철 석간수나 다름없는 탐진천이 흘러내리고 마을 뒤편으로 골짜기가 깊은 엉골이 위치했다. 엉골은 삼림이 울창하고 골짜기를 더듬은 실개울은 자연의 보고여서 노루, 멧돼지 같은 동물들과 머루, 다래, 욋감, 돌배 같은 야생 과일이며 산천어 등이 서식했다.

"맞아. 골백번 들었는데 또 물었구먼. 나 혹시 치매 초기 증상 아닐까?"

"에끼! 이 사람 실없긴."

"이 정도의 천험이면 구한말 의병들이 아지트 삼을 법도 하겠는데?"

"잘 보았네. 함평 출신 의병장 심남일 장군이 유치 일대를 중심으로 항일투쟁을 벌였다는 기록이 있어."

"을사늑약과 경술국치가 혼동되는데 정리 좀 해주겠나?"

"좋은 질문이네. 두 사건을 동일시하는 사람들이 많은 건 사실이야. 을사늑약은 1905년 을사년에 맺은 을사보호조약을 말하고 경술국치는 그로부터 5년 후인 1910년 8월 29일 조선이 일본에 병탄된 사건을 말하네. 을사늑약 때는 조선의 통치권과 외교권만 상실하였고 조선 왕조가 끊어진 건 아니었네."

조선 정부로부터 통치권과 외교권을 빼앗은 일본은 1905년 12월, 일본 천황의 칙령으로 '통감부 및 이사청 관제'를 공포하였다. 한양에는 통감부가, 전국 12곳에는 이사청이 설치되었다. 예측한 대로 이토 히로부미가 초대 통감으로 임명되어 본격적인 식민 통치에 들어갔다. 조선 정부의 외교권은 일본으로 넘어갔으므로 세계 각국은 더 이상 조선을 상대할 필요가 없어져버렸다.

통감은 맨먼저 조선 정부가 열강에게 넘겨주었던 이권들을 챙기기 시작했다. 울릉도와 압록강 산림 벌채권, 전국 곳곳의 광산 채굴권, 해안의 어업권, 우편, 전신 등 통신기관 관리권 등이었다. 통감은 조선 내부의 관리 인사까지도 좌지우지하였다. 명색 뿐인 꼭두각시 내각에 실세인 일본인 차관을 임명하여 1910년 한일 병탄 때까지 조선 내정을 집행하게 하였다. 요즘 세간에 회자되는 〈차관 정치〉의 효시였다.

조선의 자주권을 빼앗은 일본이 곧바로 조선을 병탄하지 않고 굳이 통감부와 조선 정부, 이렇게 직제를 이원화한 까닭은 급작스러운 조치를 취하면 강제적인 합방이라는 국제적 비난을 받게 되므로 이를 피하기 위한 점도 있고 더 나아가 일제를 증오하는 저항 세력, 즉 조선 각처의 의병들을 말끔하게 제거한 후 합방을 하여도 늦지 않다는 얄팍한 계산이 깔려 있는 때문이었다.

통감부는 대한제국 황제가 외교권을 일본에 넘겨준 다음 벌어진 헤이그 밀사 사건을 트집 잡아 강경한 자세를 취했다. 외무대신 하야시와 통감 이토는 그 사건의 책임을 물어 고종을 강제로 퇴위시키고 순종을 1907년 8월 27일 황제로 올리는 특단의 조치를 강행했다. 그렇게 즉위한 순종은 연호(年號)만은 거창하게 융희(隆熙)로 작명했다.

융희 원년 7월 24일 이토는 대한제국의 국권을 완전히 장악할 내용의 원안을 조선 내각에 제시하고는 친일파인 이완용으로 하여금 통과시키도록 압력을 가했다. 이른바 정미조약(신한일조약)이었다. 순종 즉위와 동시에 조각된 친일파 일색의 이완용 내각은 즉시 각의를 열고 일본 측 원안을 그대로 채택하기로 하고 순종의 인장을 도용, 날인 후 자신이 전권위원이 되어 이토의 자택으로 찾아가 7개 조항의 조약을 체결하였다. 대한제국의 운명이 최후를 고하는 순간이었다.

정미조약 7개 항목의 내용은 다음과 같다.

제1조 한국 정부는 시정 개선에 관하여 통감의 지도를 받을 것.
제2조 한국 정부의 법령 제정 및 중요한 행정상의 처분은 미리 통감의 승인을 거칠 것.
제3조 한국의 사법사무는 보통 행정사무와 구분할 것.
제4조 한국 고등관리의 임면은 통감의 동의로서 할 것.
제5조 한국 정부는 통감이 추천하는 일본인을 한국 관리에 고용할 것.
제6조 한국 정부는 통감의 동의 없이 외국인을 한국 관리에 임명하지 말 것.
제7조 1904년 8월 22일 조인한 한일외국인 고문 용빙에 관한 협정서

1항을 폐지할 것.

위에서 7조는 이미 사법권과 관리임용권까지 빼앗았기 때문에 무의미한 것이어서 일제는 이 항목을 폐지한 것이었다.

이 조약으로 고문경찰관제가 실시되었는데, 이 조치로 조선 정부는 일본에게 경찰권을 넘겨주는 계기가 되었다. 허울뿐인 조선인 내각에 일본인 차관을 두어 장관 대신 차관이 정치를 좌지우지하였으며 대한제국의 군대를 강제로 해산시켜 조선 병탄의 장애물을 제거해 버렸다.

1909년에는 기유각서(己酉覺書)를 교환하였다. 기유각서는 일제의 강압에 의해 조인된 것으로 사법권의 위임에 관한 협약을 말한다. 1909년 7월 12일 총리대신 이완용과 이토의 후임으로 통감이 된 소네 아라스케가 맺은 조약이다.

다음은 기유각서의 내용이다.

1. 한국의 사법과 감옥사무가 완비되었다고 인정되기까지 일본 정부에 위탁한다.
2. 정부는 일정한 자격이 있는 일본인, 한국인을 재한국일본재판소 및 감옥관리로 임명한다.
3. 재한국일본재판소는 협약 또는 법령에 특별한 규정이 있는 외에도 한국인에 대한 한국법을 적용한다.
4. 한국 지방 관청 및 공사(公使)는 각각 그 직무에 따라 사법, 감옥사무에 있어서는 재한국 일본 당해 관청의 지휘명령을 받고 또는 이

를 보조한다.

5. 일본 정부는 한국 사법 및 감옥에 관한 일체 경비를 부담한다.

이 각서에 의해 한국의 사법부와 재판소는 폐지되고 사무는 통감부의 사법청으로 이관되었고 직원 역시 일본인들로 임명되었다. 이로써 한국의 사법권은 완전히 일본으로 넘어가고 말았다. 일본은 사법권에 이어 경찰권까지 빼앗아 헌병 경찰 제도를 실시하는 동시에 반일 언론기관을 폐쇄하여 한일병탄의 기틀을 마련하였다.

의병의 봉기

    은근과 끈기가 생명인 조선인들은 그저 손을 놓고 있지 않았다. 거센 민족적 저항이 있었다. 을사늑약이 체결된 이후 13도 유생들이 유림의 이름으로 조약 폐기를 상소한 것을 필두로 전국적으로 의병이 봉기하였다. 1906년 민종식(閔宗植)이 의병 1천 명을 이끌고 충청도 홍주성(홍성)을 공격한 것을 시작으로, 최익현(崔益鉉)은 태인에서, 신돌석(申乭石)은 평해(영양)에서 의병을 일으켰다. 의병활동이 정점에 이른 시점은 1907년이었다. 군대 해산으로 울분에 차 있던 대한제국 군인들이 의병 대열에 가담한 때문이었다. 1907년 8월 1일 대한제국 시위보병(侍衛步兵) 제1대 대장 박승환(朴昇煥)의 자살을 계기로 무장한 시위대는 서울에서

궐기하였다. 일본군과 시가전을 벌였으나 병참 및 실탄 부족으로 물러서지 않을 수 없었다. 뿔뿔이 흩어진 그들은 각 지방의 의병에 가담하여 무력 항쟁을 계속하였다. 지방의 진위대(鎭衛隊)도 궐기하였다. 진위대 역시 일본군과 싸우다가 종내는 의병에 합류하였다. 각 지방의 의병 지도자들의 면면을 보면 강원도의 민긍호(閔肯鎬), 이강년(李康秊), 이인영(李麟榮), 충청도의 민종식(閔宗植), 경기도의 허위(許蔿), 경상도의 신돌석(申乭石), 전라도의 기삼연(奇參衍), 최익현(崔益鉉), 심남일(沈南一) 등이었고 전국 각지에서 의병이 일어나지 않은 지역은 찾아볼 수 없었다. 멀리 간도에서도 의병이 일어났다.

전국 각지의 의병들은 서로 연관을 맺고 있었다. 1907년 11월에는 관동창의대장(關東倡義大將) 이인영(李麟榮)이 8천 의병을 거느리고 양주(楊州)에 진격하였고, 12월에는 각 도의 의병들이 합세하여 '13도창의군'을 결성하고 이인영을 창의대장으로 추대하였다. 그리고 한양 진공을 계획하였다. 선봉장 허위가 부대를 이끌고 동대문 밖 30리까지 진격했으나 이듬해 1월 총수 이인영이 부친상을 당해 귀향하고 후속 부대의 지원까지 끊겨 한양 진공 작전은 수포로 돌아가고 말았다. 이후 의병들은 각자 연고지로 돌아가 독자적인 투쟁을 전개하였다.

의병 활동은 1908년을 고비로 내리막길을 걷게 되었다. 최신식 무기로 무장한 일본군을 의병들이 당해내기 어려운 때문이었다. 일본군이 발표한 통계에 의하면 의병의 수는 1907년에 4만 5천 명, 1908년에 7만 명, 1909년에 2만 6천 명, 1910년에 1천 9

백 명으로 나타났다.

1910년 한일병탄 한 해 전에 이토의 저격 사건이 있었다. 안중근은 러시아령 노브키에프스크에서 의병 활동 중 김기룡, 황병길, 강기순 등 12명과 함께 단지회(斷指會)라는 결사 조직을 만들었다. 안중근은 '침략의 원흉' 이토를 암살하기로 결심하고 3년 이내에 성사하지 못하면 자살로 국민에게 속죄하겠다 맹세하며 벼르고 있었다. 당시, 이토는 1909년 6월 15일 초대 통감직을 사직하고 본국으로 돌아가 한직인 추밀원 의장으로 있었다. 안중근은 1909년 9월 블라디보스톡의 여러 신문을 통해 이토가 만주 시찰 명목으로 러시아의 대장대신 코코프체프와 회견하기 위해 하얼빈을 방문한다는 정보를 입수했다.

안중근은 하얼빈과 채가구, 두 곳을 거사 장소로 정하고 채가구에는 우덕순과 조도선을 배치하고 자신은 하얼빈을 담당했다. 1909년 10월 26일 안중근은 하얼빈역 열차 안에서 코코프체프와 회담을 마친 후 러시아 의장대를 사열하고 환영 군중 쪽으로 가는 이토를 향해 권총 3발을 발사, 명중시켰다. 그는 '대한민국 만세'를 크게 외치고 체포되었다. 그해 12월 4일 이토의 장례가 치러지고 그 다음 해 12월에 안중근은 뤼순 감옥에서 사형에 처해졌다.

이토의 후임으로는 부통감으로 있던 소네 아라스케가 승진해 2대 통감이 되었다. 1년 동안 재임하면서 1909년 7월 12일 대한

제국과 기유각서를 체결하여 순종 황제의 실권을 박탈하는 공을 세웠다. (물론 이토가 다 기반을 닦아 놓긴 하였지만) 그럼에도 그는 무능하다는 이유로 일본 정부로부터 소환되기에 이른다. 이 중차대한 시기에 단행된 통감의 경질은 통감 정치의 종말을 의미하는 동시에 대한제국은 이미 병탄 단계에 들어갔음을 의미하는 것이었다.

현역 육군 대장인 데라우치 마사타케(寺內正毅)가 3대 통감으로 부임했다. 그는 1909년 5월 30일 부임하여 1910년 8월 29일 합병이 완료될 때까지 재직했다.

8월 29일 이후에는 일본 천황이 임명한 일본인 총독이 대한제국을 다스렸다. 3대 통감이었던 데라우치가 초대 총독으로 임명되는 수순을 밟았다.

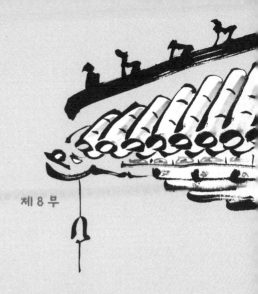

제 8 부

빼앗긴 주권

국권의 상실

경술년인 1910년 8월 29일. 그날은 일본에게 나라를 빼앗긴 치욕의 날이었다. 한일병탄의 성사에는 조정대신으로 있던 친일파들의 배신이 큰 영향을 미쳤다. 이용구와 송병준 등이 자신이 이끄는 친일단체인 일진회(一進會)를 앞장 세워 그 정지 작업을 진행한 결과였다.

1909년 12월 3일, 일진회장 이용구(李容九)는 일진회 임시총회에서,

　"나라와 백성의 형세가 절박하므로 황실 존영과 인민 복리를 위해 정합방을 성립시켜야 한다."

라면서 시국에 대한 인식을 강조한 뒤 일진회원들의 만장일치 의결을 이끌어냈다. 그 이튿날인 1909년 12월 4일에는 1백만 일 진회 회원 이름으로 순종과 내각, 통감부에 '한일합방상주문'을 제출하고 2천만 동포 앞으로 한일합방성명서를 발표했다.

대한제국의 여론은 찬반양론으로 갈려 갈등이 심했다. 이완용 과 '국시유세단'도 이용구 측에 가담했다. 8개월 간의 대립 끝에 이듬해인 1910년 8월 29일에 한일병탄이 체결되면서 일진회의 성명서는 실현되고 만 것이었다.

다음은 한일병탄성명서의 내용이다.

…… 나라의 독립이 당연한 것이고 남의 노예가 되는 것은 오랑캐도 수치스럽게 여길 일이다. 그러나 이러한 바람도 나라의 정세와 시기를 가늠해보아야 하는데 그렇지 못하면 멸망의 길을 자초하는 일이 되는 것이다. 청일전쟁 당시 일본은 막대한 군비와 많은 병사를 희생시켜가 면서 조선을 중국의 굴레로부터 벗어나 독립시켜 주었는데도 정사를 어지럽힌 것은 조선 사람 스스로의 잘못이며 러일전쟁 역시 그러하였 다. 이러한 우의를 갚지 못하고 이 나라에 붙었다 저 나라에 붙었다 하 다가 외교권을 넘겨주게 된 것도 조선의 잘못이다. 그럼에도 호의로 대 해주는 일본을 배신하고 헤이그 밀사사건으로 거듭 잘못을 저질러 결 국 한일신협약을 불러왔다. 그러니 자업자득인 것이다…….

"이 얼마나 허무맹랑한 궤변이던가."

"간도 쓸개도 다 내줘 버린 얼간이의 말이 아닌가."

그들은 또 말하기를,

…… 정미 7조약(신한일조약) 체결 이후 마땅히 산업을 발전시키고 교육에 힘써야 하건만 '폭도와 비적'으로 표현된 의병 항쟁으로 정국이 혼란해졌으며 권세와 이속을 다투면서 나라를 발전시키지 못했다. 게다가 대한제국을 위해 수고를 다한 은혜를 갚기 어려운 '이토 히로부미'를 '하얼빈'에서 저격하여 일본의 여론을 악화시켰다. 이대로 가다가는 5백년 사직이 폐허가 되고 2천만 백성이 하나도 남지 않게 될 비참한 지경에 이르게 될 것이다. 국가의 재정도 바닥나고 국가기밀도, 통신수단도, 법률도 조선인의 손에 없는 상황에서 나라의 운명이 죽음의 구렁텅이로 빠져가는 중이다. 한일병합을 대한제국의 순종 황제와 '메이지 천황'이 받아들이도록 호소하는 것이 진정 나라를 위하는 길이다. 끝으로 만약에 이 기회를 이용하지 않으면 하늘의 신이 죄를 줄 것이기에 2천만 국민에게 맹세를 다지면서 이 뜻을 알린다…….

"참으로 소름이 끼치는구면."
"그러게 말일세. 오랜 세월이 지났건만 지금도 울분이 용솟음치려 해 감정을 주체할 수 없네."

한일병탄 조약의 내용은 아래와 같다.

대한제국 황제는 내각 총리대신 이완용을, 일본 황제 폐하는 통감, 자작 데라우치를 각각 그 전권 위원으로 임명하는 동시에 위의 전권 위원 공동으로 협의하여 아래에 적은 모든 조항을 협정하게 한다.

1. 대한제국 황제는 한국 전체에 관한 일체 통치권을 완전히 또 영구히 일본 황제 폐하에게 양위함.

2. 일본국 황제는 앞 조항에 기재된 양여를 수락하고 완전히 대한제국을 일본제국에게 병합하는 것을 승낙함.

3. 일본국 황제는 대한제국 황제, 태황제 폐하 그들의 황후, 황비 및 후손들로 하여금 각기 지위를 적당한 존칭, 위신과 명예를 누리게 하는 동시에 이것을 유지하는데 충분한 세비를 공급함을 약속함.

4. 일본국 황제는 앞 조항 이외에 한국 황족 및 후손에 대해 상당한 명예와 대우를 누리게 하고 또 이를 유지하기에 필요한 자금을 공여함을 약속함.

5. 일본국 황제는 공로가 있는 대한제국인으로서 특별히 표창하는 것이 적당하다고 인정될 경우에 대하여 영예 작위를 주는 동시에 은금(恩金)을 줌.

6. 일본국 정부는 앞에 기록된 병합의 결과로 완전히 대한제국의 시정을 위하여 해당 지역에 시행할 법규를 준수하는 대한제국인의 신체 및 재산에 대하여 전적인 보호를 제공하고 또 복리의 증진을 도모함.

7. 일본국 정부는 성의 충실히 새 제도를 존중하는 한국인으로 적당한 자격이 있는 자를 사정이 허락하는 범위에서 한국에 있는 제국 관리에 등용함.

본 조약은 대한제국 황제와 일본 황제의 재가를 받은 것이므로 공포

일로부터 이를 시행함.

위 증거로 삼아 양 전권 위원은 본 조약에 기명 조인함.

융희 4년 8월 22일 내각 총리대신 이완용

메이지 43년 8월 22일 통감 자작 데라우치 마사다케

이 조약의 불법을 주장하는 학자들의 논지에 따르면 합병은 8월 29일에 시행되었는데 조약문은 7일 전인 8월 22일에 작성되었으므로 무효라는 것이다. 불법론을 펴는 법학자들의 주장을 자세하게 들어보자.

1. 순종의 위임장은 이완용이 강제로 받아 낼 수 있었지만 비준 절차가 생략되었다는 점.
2. 8조항에 양국 황제의 결재를 받았다고 하였으나 조약의 어떤 내용에도 비준 전에는 효력을 발생할 수 없다는 점을 상기해 볼 때 재가 사실을 미리 명시하는 것은 상식 밖의 일이라는 점.
3. 순종 황제 칙유에 대한 국새가 아닌 1907년 고종 황제 강제 퇴위 때 일본이 빼앗아간 칙명지보가 찍혀 있다는 점.
4. 순종 황제의 조칙문에 황제의 서명 '척(拓, 순종의 이름)'이 빠져 있는 점.

등을 들었다.

이 조약을 합법이라고 하는 법학자들의 주장도 들어보자. 대부

분의 일본 법학자들은 이 조약을 합법이라고 주장하는 이유로,

1. 조약문 자체에서 형식적인 하자가 없으며 국제법상 조약에 준수한 점.
2. 위임장, 조약문, 황제의 조칙 등 형식적인 문서들이 갖추어 있는 점.
3. 불법론자들이 주장하는 국제법상의 조약불성실론은 1980년에 발효된 〈조약법에 관한 빈 협약〉에 근거를 두고 있으므로 소급 적용은 불가하다. 그러므로 당시의 국제관습법을 어긴 게 된다는 점.

등을 들었다. 법적 절차만 잘 지키면 남의 나라를 함부로 침탈하고 빼앗아도 된다는 말처럼 들린다. 일본 우익들의 논리를 재탕해 듣고 있는 기분이다.

사직을 잃게 된 조선 백성들은 구국의 대열에 앞장섰는데 주로 의병활동이었다. '관군을 이긴 반군은 드물다'는 말 그대로 의병 활동이 대세를 뒤엎지는 못했다. 구한말 봉기한 여러 차례의 의병 봉기 중에서 민비가 시해 당한 을미사변으로 야기된 을미의병이 가장 규모가 컸다.

1895년 10월 8일 새벽 일본 공사 미우라(三浦梧樓)의 지령을 받은 일본의 낭인패들이 경복궁에 난입, 민비를 시해하고 시체를 불태웠다는 사실을 알게 된 국민들은 슬픔보다 분노에 치를 떨며 앞다투어 의병의 대열에 참가했다. 국모의 참변이 일본인들

의 소행이었다는 사실은 민족 감정을 자극하기에 충분했던 것이다. 갑오경장 당시 친일내각이 단발령 시행을 발표하자, '차라리 목을 베일지언정 머리는 깎을 수 없다'고 분노를 터트린 최익현을 위시로 전국의 유림들은 창의토왜(倡義討倭)의 깃발을 높이 들었다. 보은에서 기병한 문석봉, 홍주의 김복한, 안동의 권대일, 진주의 노응규, 전라도의 기우만, 제천의 유인석, 김백선, 춘천의 이소응 등이었다.

을미사변 직후 치열하다가 소강상태를 유지하던 조선의 의병 활동은 을사늑약이라는 또 하나의 굴욕적인 사건이 발생하자 다시 봉기하였다. 가사(假死) 상태에 빠진 거나 다름없는 조선 민중의 마지막 항거였다. 그 대표적인 인물이 지난번에도 여러 차례 봉기하였던 전 참판 민종식, 최익현, 신돌석 등등이었다.

을사늑약을 반대하는 결사적인 항쟁이 전국적으로 파급되는 동안 일본은 한일병탄을 위한 정지 작업을 서서히 진행하고 있었다. 일본은 제일 먼저 조선 군대 해산 조치를 염두에 두고 있었다. 조선 군대를 더 이상 믿을 수 없다는 생각 때문이었다. '민종식의 홍주 봉기 때 조선 군대가 진압을 기피했다. 고종의 양위를 반대한 시위연대 일부 병사가 항쟁하는 태도를 보였다.'는 등등의 예를 들었다.

일본은 '정미각서'로 조선군 해산의 법적 근거를 마련하였으나 급작스럽고 강제적 해산 시 무력항쟁을 불러일으킬 수 있다는 우려 때문에 유예하고 있다가 조치가 쉬운 금족령부터 내렸다. 그 다음으로 취한 조치가 화약과 탄약고의 접수였다.

당시의 통감 이토는 본격적인 거사를 위해 본국에 병력 증파를 요청했다. 이에 따라 일본군 12사단이 서울에 급파되고 총기 6만 정이 조달되었다. 군대 해산에 대비한 준비가 완료되자 이토는 본국 황제로 하여금 조선군 해산 조칙을 내리게 하고 해산의 순서를 정했다.

조선 군대의 해산

군대 해산 방법

1. 군부대신은 헌병사령관, 여단장, 보병연대장, 보병대대장, 기병대
   장, 포병대장, 공병대장을 소집하여 조칙을 전하며, 또 해산 순서
   제2항을 포고 시(示)할 것.

2. 전항 제관은 곧 각기 부하에 대하여 대신이 전한 조칙 및 포고를
   시명하며, 차시에 각 대장과 동시에 일본병 약 2개 중대를 각 병영
   에 동행케 하고 필요가 유하면 병력을 사용할 것.

비고 : 제1항 보병대장 중에는 지방 대장도 포함된다.

군대 해산의 순서

1. 군대 해산 이유의 조칙을 발할 것.

2. 조칙과 동시에 정부는 해산 후의 군인 처분에 관한 포고를 발하되 이 포고 중에 하기 사항을 명시할 것.

　1) 시위 보병 1개 대대를 둠.

　2) 시종무관 기명(幾名)을 둠.

　3) 무관학교 및 유년학교를 둠.

　4) 해산할 시 장교 이하에게 일시 은사금을 급여하고 그 금액을 장교는 대개 0개년 반에 상당한 금액, 하사 이하는 대개 1년에 상당한 금액으로 한다. 단, 1개 년 이상 병역에 복종한 자에 한함.

　5) 장교 및 하사 중 군사학의 소양이 유하며 체격 건강하고 장래 유망한 자는 1. 2. 3호의 직원 혹은 일본 군대에 부속하게 할 것. 단, 하사는 일본 군대에 부(附)치 아니한다.

　6) 장교 및 하사 중 군사학의 소양이 무한자로 보통학식이 유하여 문관 기능이 유한자는 문관으로 채용할 것.

　7) 총기 탄약은 환납할 것.

　이런 과정을 거쳐 조선 군대는 해산되었고 박승환 참령의 자살을 계기로 일본군과 거센 충돌이 있었으나 투쟁도 한계가 있었다. 여건이 불리해진 저항 세력은 지하로 숨어들 수밖에 없었다. 큰 불길을 잡고 한 숨을 돌린 일제는 의병 활동이 가장 끈질긴 호남지방으로 시선을 돌리기 시작했다.

　곡창지대인 호남의 백성들은 오랜 관료적 착취에 시달린 탓에 지주와 소작인이라는 2분 구도가 명백하여 반항의식이 강해져 있었다. 더군다나 지리산, 덕유산, 백아산, 백운산, 유치 산골 같은 산악지대가 많은 지리적 환경 때문에 다른 지역에 비해서 저항이 매우 거셌다.

일제는 호남의 의병을 박멸시키기 위한 작전에 돌입했다. 1909년 9월 1일부터 약 2개월 간에 걸쳐 '호남의병 대섬멸작전'을 선포한 것이었다. 전북 군산을 기점으로 경남 하동까지를 작전구역으로 정하고 청야작전을 폈다. 이 작전에 일본군 보병 3개 연대가 투입되고 섬으로 탈출하려는 의병을 잡기 위한 조치로 해상에 해군 수뢰정 부대까지 배치했다. 현지의 헌병, 경찰까지 총동원했다. 작전 거리는 6천 평방 리에 달했고 포위선 역시 3천 5백여 평방 리였다. 전라도 전 지역이 작전 구역 내에 포함된 것이었다.

일본군의 의병 소탕작전은 잔인하기 그지없었다. 전남 담양에서는 붙잡은 의병을 하체만 땅에 묻고는 죽순 자르듯 장검을 내리쳐 목을 베기도 하였다. 심남일, 강무경, 전해산, 안계홍, 양진여, 나성화 등 34명의 의병장들이 체포되고 붙잡힌 일반 의병의 숫자는 3천여 명을 넘었다. 이 같은 대대적인 섬멸작전으로 조선의 의병은 소탕되었다.

청야작전을 성공리에 마무리한 일제는 의병으로 활동하였으나 비교적 단순 가담한 5백 명은 기소유예자로 분류하고 나머지 2천 5백 명은 모두 재판에 회부하였다. 기소유예자로 분류된 5백 명은 하동-해남 간 3백 5십 리의 도로 개설 공사에 투입, 2년 동안이나 강제로 부려 먹었다.

"난 평소부터 홍선대원군에 대해서 관심이 많았지만 아는 게 별로라네. 그 방면에 조예가 깊은 자네의 설명을 듣고 싶네."

B는 무척이나 궁금증이 많은 친구였다.

"그동안 여러 차례 언급했었는데? 그럼 재탕을 끓여보겠네."

홍선대원군 이하응(李昰應)은 1821년 한성부에서 태어났다. 호는 석파(石坡). 왕족 남연군의 아들이었다.

이하응은 어려서부터 영특하였으므로 남연군은 아들을 사돈인 추사 김정희에게 맡겼다. 이하응은 추사로부터 난초 치는 법을 비롯하여 서예와 그림을 배웠다. 어려서 부모를 잃고 고아가 되었다. 유일한 혈육으로 형 이최응이 있었으나 머리가 둔하므로 하응이 심히 경멸하였다. 그 앙금으로 후일 이최응은 대원군의 반대편에 서게 되었다. 왕족인 관계로 1934년(순조 34년) 홍선정(정3품 당하관)의 작위를 하사받았고 이어 홍선도정(3품 당상관)으로 승진했다. 나중에 홍선군이 되었다.

25대 철종이 병약하며 후사가 없다는 사실을 간파한 그는 파락호 생활을 하면서 때를 기다리는 한편으로 당시 실세였던 조영하에게 접근해 조대비를 알현하는 등 친분을 쌓았다. 세도가인 안동 김씨의 견제를 피하기 위해 상갓집 개노릇도 하고 노름판에서 개평도 뜯었다. 모두들 왕실의 수치라 비웃으며 경계심을 풀었다.

철종이 갑자기 죽자 12살인 아들 명복이 고종이 되었다. 조대비의 수렴청정에 이어 섭정의 지위에 올랐다. 경복궁 중건으로 국고를 탕진하고 천주교를 박해, 쇄국정책을 고집하여 서양문물 도입의 기회를 차단하였고 의욕이 과하여 성인이 된 고종에게 양위를 주저하다가 최익현 등 유생들의 상소로 권좌에서 밀려나는 수모를 겪었다.

임오군란 발발로 재기는 실현되었다. 군란 수습에 애를 먹던 고종은 대원군을 다시 불러들여 정권을 맡긴 것이었다. 재집권한 대원군은 분노한 민심을 잠재우기 위해 친가에 피신 중인 민비를 죽었다고 국상을 발표하고 상을 치렀다. 그러나 임오군란 진압을 위해 원병으로 온 청나라 오장경의 계략에 빠져 텐진으로 잡혀가 4년 동안이나 귀양살이를 하는 곤욕을 치렀다.

1885년 원세개의 주선으로 환국했다. 1894년 1차 김홍집 내각 때 재등장하여 갑오개혁을 단행하는 데 일조한 후 스스로 물러나 칩거 중 1898년 2월 서거했다.

"파란만장한 일생이었구먼. 그처럼 강직하던 대장부가 청나라와 일본에 이용만 당하고 말았으니 참!"

"그러게 말야."

1910년 조선을 강제 병탄한 일제는 한양에 조선총독부를 설치하고 폭압적인 무단정치를 실시했다. 평소 같으면 전국적으로 의병이 불꽃처럼 일어났을 텐데 의외로 조용했다. 까닭이 있었다. 의병의 씨가 말랐기도 하였지만 그보다도 이완용 같은 현직 각료들이 나라를 팔아먹었다는 사실에 망연자실한 국민 모두가

자포자기의 심경이 되고 만 때문이었다. 그동안 일제의 잔학한 의병 색출 작전 때문에 고초를 겪었던 백성들의 피로감이 쌓여 참여 의식이 저하된 점도 있었다.

내 고향 장흥의 경우가 그랬다. 동학농민전쟁 때 장흥읍성 함락으로 애꿎은 양반층들이 많이 희생되었고 석대들 전투이 후유증을 호되게 겪은 데다가 유치 산골을 무대삼은 의병 체포 작전에 얼마나 혼쭐이 났던지 도통 나서려 하지 않는 것이었다. 이렇듯 국내의 의병 운동은 힘을 잃었지만 서북간도와 러시아의 연해주, 미주 지역을 중심으로 해서 국권을 회복하려는 움직임이 요원의 불길처럼 훨훨 타오르고 있었다. 일컬어 해외독립운동이었다.

1919년 3·1운동을 기해 우리 민족의 독립에 대한 강한 의지가 전세계에 표출되고 상하이에 대한민국 임시정부가 수립되었다. 한만 국경 지역에서는 뜻있는 애국 투사들의 무장 투쟁이 활발하였는데, 홍범도 장군의 봉오동 전투 승리와 김좌진 장군의 청산리 전투 승리가 그것이었다.

홍범도 장군의 봉오동 승리 뒤에는 제1차 세계 대전의 영향이 컸다. 이 전쟁은 1914년 7월 28에 시작되어 1918년 11월 11일까지 장장 4년 4개월 간 지속되었다. 1914월 6월 28일 세르비아의 사라예보를 방문한 오스트리아의 황태자 부부를 세르비아의 청년이 암살한 사건이 있었다. 이에 격분한 오스트리아는 세르비아에 전쟁을 선포하였다. 세계 각국은 이해관계에 따라 양분되었다. 오스트리아를 돕는 동맹군으로는 독일, 헝거리, 불가리아, 투르키예(오스만 제국) 등이었고, 세르비아를 돕는 국가는 프랑스, 영국, 러시아, 이탈리아, 일본 그리고 미국이었다.

전쟁 중에 러시아에서 혁명이 일어났다. 니콜라이 황제를 지지하는 백군과 볼세비키 레닌의 적군이 맞붙는 내란이 벌어진 것이었다. 결국 볼세비키의 적군이 승리, 러시아는 공산화되었다. 실권을 잡은 볼세비키는 영국, 프랑스 등의 연합국 대열에서 이탈, 단독으로 독일과 정전 협상을 벌였다. 그 과정에서 걸림돌이 있었다.

당시 오스트리아는 헝거리와 함께 제국을 형성하고 있었는데 체코나 슬로바키아는 그에 예속되어 있었다. 오스트리아 헝거리 제국은 체코의 젊은이들을 강제로 끌어내 러시아 접경인 동부전선에 투입하였다. 그러나 체코의 젊은이들은 오스트리아 헝거리 제국에 반기를 들고 적국인 러시아에 투항해버렸다. 그 병력은 무려 6만 명에 달했으므로 러시아는 이들을 '체코군단'이라 명명하고 그들 스스로 지휘 통솔하게 하였다.

휴전 회담에 임한 독일은 체코군단을 가리켜, 전쟁 중에 잡힌 동맹군의 포로라며 즉각적인 송환을 요구했다. 러시아는 난감하기 짝이 없었다. 그들을 풀어주면 귀국한 그들이 당장 총부리를 러시아에 돌릴지도 모른다는 염려 때문이었다.

러시아는 시간을 벌기 위한 술책으로 체코군단을 극동의 불라디보스톡으로 보냈다가 점차적으로 선박으로 이동시키겠다고 제안했다. 그렇게 해서 대규모의 체코군단은 시베리아 횡단열차를 타고 장장 9천km의 먼 거리인 극동으로 오게 된 것이었다.

1918년 7월 6일 체코군단은 블라디보스톡에 도착하여 귀국을 준비 중에 있었는데 그해 11월 11일에 독일이 연합군에게 항복을 함으로써 제1차 세계대전은 막을 내리게 되었다.

일이 이렇게 되자 체코군단의 무기는 쓸모없어지고 도리어 짐만 되었다. 연해주의 독지가와 대한독립군은 그 기회를 활용할 생각을 하였다. 그들의 무기를 헐값으로 사들이기도 하고 거저 얻기도 하였다. 그렇게 해서 조달된 체코군단의 최신식 무기는 홍범도 부대와 김좌진 부대에 전달되었다. 그 무기 덕에 독립군은 일본의 정규군을 상대로 당당한 승리를 거둘 수 있었던 것이다.

"참으로 하늘이 도왔구만."

"그러게. 세상을 살다 보면 전화위복, 새옹지마 같은 뜻밖의 경우도 생기더라구."

내가 운전한 승용차는 예상대로 빠른 시간 안에 운주사(雲住寺)에 도착했다. 운주사는 전남 화순군 도암면 대초리 천불산(千佛山)에 있는 고찰인데 한자로 運舟寺라고도 적는다. 황석영의 장편소설 『장길산』의 배경도 되었다. 이 절은 대한 불교 조계종 제21교구 순천 송광사의 말사인데 도선국사가 창건하였다는 설도 있고 운주 스님이 세웠다는 설이 있으나 도선국사 창설 설이 유력하단다. 천불 천탑과 와불이 볼거리라는데 천불 천탑은 보이지 않고 능선에 누워 있는 와불 한 쌍만이 건재하여 말없는 미소로 관광객을 맞고 있었다.

운주사 구경을 마칠 즈음 점심때가 되었다. 중장터 산골 마을 어느 맛집에 들러 산채백반으로 점심을 때우고 보림사로 향했다. 가마태재 터널을 빠져나와 암챙이골짜기를 더듬어 내려오자 금방 보림사였다.

보림사는 임진왜란과 6·25 한국전쟁 때 사찰 전체가 소실되었다가 중건되었다. 이처럼 유서 깊은 고찰이지만 교통 사정이 열악하여 찾는 사람이 별로 없던 터라 아예 입장료도 받지 않았는데 가마태재 터널이 뚫린 이후로 내방객이 급격하게 늘었다는 것이다.

주지 스님을 뵙고 지난 인연을 얘기했더니 스님은 우리를 승방으로 안내했다. 사찰 뒤 가지산 산록에서 재취한 귀한 청태전 차로 극진하게 대접해 주었다.

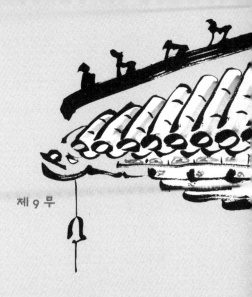

제 9 부

개화와 독립 투쟁

개화의 새 물결

　귀향 3일째, 나와 B는 장흥 읍내로 나들이하였다. 날로 발전하는 고향의 이모저모도 살피고 읍내에 위치한 선영에 성묘를 하려는 것이었다. 가는 곳마다 산천은 의구한데 그 산천에 뿌리를 내린 사람들은 한결 같지 않았다. 문득, '회향우음(回鄕偶吟)'이라는 당나라 시인 하지장(賀知章)의 시 한 구절이 떠올랐다. 하지장은 시선 이백(李白)을 조정에 출사시킨 바로 그 인물이다.

　어려서 고향 떠나 늙어서 돌아오니/ 少小離家老大回
　고향말은 고쳐지지 않았으나 귀밑머리 희어졌네/ 鄕音不改鬢毛衰
　아이들을 만났으나 알아보지 못하네/ 兒童相見不相識

손님은 어느 곳에서 왔느냐고 웃으면서 묻네/ 笑問客從何處來.

장흥은 문인 특히, 소설가들을 많이 배출시킨 문향(文鄕)이다. 동쪽에 사자산, 동남쪽에 억불산이 우뚝하고 그 산기슭에 '평화들녘'과 '석대들'이 위치한 산자수려한 고장이다.

읍내 한가운데로 국사봉에서 발원한 탐진강이 흐르고 있는데 그 강변에서 해마다 여름철이면 '물축제'가 열리고 있다. 강을 가로질러 가설된 교량인 동교다리를 건너면 장흥읍의 구시가지이다. 구시가지 초입 읍사무소 앞에 광장이 위치하며 그 광장을 중심으로 7갈래로 도로가 부챗살처럼 펼쳐져 있어 7거리라고 부른다. 장흥 사람이 외지에 나가서 "나 이래뵈도 7거리에서 온 사람이야!" 호기를 부리면 그 지방 건달들도 어리둥절하여 함부로 대하지 못했다는 일화도 전해 온다.

우리집 선산은 읍내에서 시오리 상거에 위치했다. 뒤쪽으로 높은 산이 가로 막혀 있고 멀리 들판으로 강물이 흐르고 있어 배산임수의 길지라고들 말하지만 '길지는 무슨 길지?' 나는 그 말이 가당키나 하는 말이냐는 자조적인 생각을 가지고 있다. 6·25 한국전쟁 때 가족이 떼죽음 당하는 등 큰 화를 입은 후유증 때문이 아닐까 사료된다.

동학농민혁명 때 변을 당한 할아버지의 묘소를 비롯한 윗대의 묘소에 성묘를 하였다. 가족이 동학농민군에게 변을 당한 후손들 거의는 동학 자체를 금기시하는데 나는 그러기는 싫었다. 역사는 역사일 뿐이라는 인식으로 울분을 삭이고 있지만 조금의 앙금이 존재하는 건 사실이었다.

참배를 마친 후 귀로에 장흥공설운동장 뒤 산록에 세워진 동학농민혁명 기념탑을 둘러보았다. 탑신에는 『녹두장군』의 저자인 동향 소설가 송기숙 선생이 쓴 비문이 새겨져 있었다. 이곳은 원래 공동묘지였는데 이젠 개발이 되어 종합경기장과 실내체육관이 들어선 스포츠 단지가 되었다.

당시 묘지 초입에 커다란 미륵불이 안치되어 있었다. 그 미륵불은 코가 문드러져 볼품이 없었다. 아들 낳기를 원하는 근동의 아낙들이 코를 훼손시킨 때문이었다. 지근에 지어진 동학농민혁명기념관을 답사한 후 토요시장에 들러 대덕 한우, 유치 포고버섯, 수문포 키조개, 이렇게 삼합 요리로 고향의 정취가 듬뿍 담긴 점심을 먹었다.

오후에는 억불산 삼림욕장으로 가 데크길 등산로를 따라 정상도 정복하였다. 하계를 굽어 보니 탐진강을 중심으로 동서로 펼쳐진 장흥읍 시가지며 질펀한 평화 들녘과 석대들 전적지가 한눈에 들어왔다. 건너편 사자산 정상에서 웅비하는 패러글라이더에 눈을 주면서 우리의 담소는 계속되었다.

"오늘은 문학 작품으로 토론의 물꼬를 텄으므로 그런 의미에서 정치와는 상관없는 얘기들로 화두 삼아볼까?"

내 말에 B도 전적으로 동의하였다. B는 문재도 뛰어났으므로 마음만 먹는다면 등단도 가능한 실력의 소유자였다.

조선 개화의 물꼬를 튼 것은 갑오경장 때 단행한 단발령이었다. 고종이 몸소 상투를 자르고 양복까지 차려 입는 등 시범을 보였으므로 관심의 대상이 될 법도 하였으나 보수적인 유림들의 거센 반발로 성공하지 못했다. 그러나 편리함을 추구하는 시대의 흐름을 가로막지는 못하는지 단발은 암암리에 진행되고 있었다.

다음으로 교육 환경의 변화가 뒤따랐다. 조선에는 비록 양반 세습에 국한된 거지만 오랜 전통과 체제를 갖춘 나름의 교육제도가 존속되어 왔다. 고등 교육기관으로는 서울에 성균관(成均館)이 있었고 중등 교육기관으로는 서울에 사학(四學), 지방에 향교(鄕校)가 있었으며 부락마다 서당(書堂)이라는 초등 교육기관이 있었다. 갑오개혁 때 조선 최초로 시도된 서양식 교육정책은 전문적 성격을 띤 영어와 의학(醫學)에서 비롯되었다.

1883년 8월 조선 정부의 고문으로 와 있던 묄렌도르프가 서울에 동문학(同文學)을 설립하였고, 뒤를 이어 서양의학에 관한 교육도 시작되었다. 갑신정변 때 부상을 입은 민영익(閔泳翊)을 미국 선교사인 알렌이 치료한 일이 계기가 되어 1885년에 국립병원인 광혜원(廣惠院)을 열고 조수(助手) 양성을 목적으로 의학교육을 시작하였다. 이어 조선의 일반교육을 목적으로 하는 현대식 학교가 생겨나기 시작하였는데 주로 미국 선교사들이 전도사업의 일환으로 세운 것이었다. 배재학당, 이화학당, 그리고 정부가 직접 설립한 육영공원이 그것이었다.

배재학당은 미국 감리교에서 보낸 선교사 아펜젤러가 1885년 8월에 서소문동에 집 한 채를 사서 교육을 시작하였는데 처음에는 단 두 사람뿐이던 학생이 그 이듬해에는 67명으로 증가하였다. 아펜젤러가 남성 교육에 분주하는 동안, 미국 감리교의 여자 선교사 스크랜튼 부인은 여학생을 상대로 교육할 학교를 세웠는데 그게 이화학당이다. 육영공원은 한미수호조약 체결 후 보빙(報聘)대사로 미국에 갔던 민영익의 귀국으로 설치가 본격화되었다.

1895년에 소학교령(小學校令)이 제정되었다. 소학교를 관립, 공립, 사립, 세 종류로 나누고 수업 연한은 심상과(尋常科) 3년, 고등과 2년 또는 3년으로, 학령은 8세부터 15세까지로 정했다. 각 부군(府郡)은 관내 아동 취학을 위해 공립학교를 세워야 한다는 규정도 두었다. 을사늑약이 체결될 때까지 서울에 10개교, 지방에 50개교가 설립되었다. 각 관찰부에 심상소학교 1개교가 설립되고 강화, 인천, 부산 등 25개 중소도시에 소학교가 세워졌다.

1899년에는 중학교령(中學校令)이 제정되었다. 수업 연한을 7년으로 하되 처음 4년은 심상과로, 뒤의 3년은 고등과로 정했다. 특이한 점은 지방에서 중학교를 세울 경우 해당 지방의 향교를 활용하도록 조치했다. 이는 폐교 상태나 다름 없는 향교를 활용하려는 정책이었다.

사범학교도 설립되었다. 신학제 공포 후 첫 케이스가 1895년 4월에 설립된 한성사범학교였다. 본과와 속성과, 두 개 과를 두고 수업 연한은 본과 2년, 속성과 6개월이었으나 1899년에 본과를 4년으로 하였다. 학령(學齡)은 본과가 20세 이상 25세 이하였고 속성과는 22세 이상 35세 이하였다. 학기는 매년 7월 21일에 시작하여 이듬해 6월 15일로 끝났으며 1년을 두 학기로 나누어 수업하였다.

외국어학교도 설치되었다. 문호 개방 이후 외국어 통역 수요가 늘어나자 일어학교, 영어학교, 불어학교에 이어 러시아어, 독일어 학교가 설립되었다.

1899년 2월에 수업 연한 3년의 '경성의학교'가 설립되었다. 각종 의술을 가르칠 목적으로 건립하였으나 그 당시는 의술 종사자를 천히 여기던 때여서 개교 3년 동안 36명의 졸업생밖에 배출하지 못했다. 그 밖에 농상공학교, 광무(鑛務)학교, 우편학당, 전무(電務)학당을 세워 체신사무 요원을 양성하였다.

갑오개혁 이후 조수처럼 밀려들어오기 시작한 서구 사조(思潮)는 정치, 경제, 문화 등 각 분야에 걸쳐 경이적인 변혁을 가져왔다. 특히 문학 분야에서 두드러졌다. 신문학을 대표하는 문학 양식으로 신소설, 창가, 신체시가 선을 보였다.

신소설의 경우, 1906년(광무10년) 7월 3일부터『만세보』에 이인직의 소설이 발표되었는데 제목 없이 소설 단편이라고만 되어 있었다. 이어 그해 7월 22일부터 10월 10일까지『만세보』에『혈의 누』가 50회로 연재되었다. 본격적인 신소설의 등장은 1917년『매일신보』에 연재된 춘원 이광수의 처녀 장편『무정』에서 비롯되었다. 근대 소설의 중요한 요소는 허구성이었다. 이야기를 들려주는 재미 위주의 오락성 말고, 삶이나 예술에 대한 목적의식을 가지고 창작에 임하는 차원이 다른 획기적인 활동으로 바뀐 것이었다. 신소설 작가는 창조자로서의 자부심으로 이름 석 자를 내세워 예술적인 명예를 추구하였고, 소설을 패사(稗史)나 음담패설(淫談悖說)의 고루(固陋)한 관점에서 벗어나 예술의 경지로 이끄는 진일보한 위상으로 발전시키는 데 크게 공헌하였다. 신소설은 한국소설의 근대 소설적 시발점의 표징이었다.

다음은 창가이다. 창가는 노래의 옛말인데, 재래의 가사가 지니고 있는 4·4조의 형식에 개화 이후의 새로운 시대의식, 즉 자주 독립에 따르는 애국사상 고취, 신교육, 신학문 등 새로운 지식을 흡수 개발하는 내용을 담은 것이다. 여기에 서양식의 음곡을 붙여 함께 부르면 노래가 되는 것이었다. 주로 애국 사상이 강조된 독립운동가 등이 이에 해당된다. 이필균의 자주독립가를 음미해 본다.

자주독립가(自主獨立歌)

이필균 작

아세아에 대조선이 남의천대 받게되니

자주독립 분명하다 후회막급 없이하세

애야애야 애국하세 남녀없이 입학하야

나라위해 죽어보세 세계학습 배와보자

깊은잠을 어서깨어 교육해야 개화되고

부국강병 진보하세 개화해야 사람되네

이 노래는 1896년『독립신문』에 발표된 노래의 일부이다.

다음은 신체시이다. 신체시란 새로운 스타일의 시라는 뜻이다. 창가가 그 형식에 있어 재래 가사의 영향을 다분히 지니고 있다고 한다면, 신체시는 훨씬 현대 자유시의 형식에 접근한 형태의 시라고 할 수 있다. 최남선의 시 한 편을 감상해 본다

해에게서 소년에게

최남선

처얼썩 처얼썩 척 쏴아
저 세상 저 사람 모다 미우나
그 중에서도 또하나 사랑하는 사람 있으니
담 크고 순정한 소년배들이
재롱처럼 귀엽게 나의 품에 와서 안김이로다
오나라 소년배 입 맞춰 주마
처얼썩 처얼썩 튜르릉 콱

잡지『소년』제1호(1908년)에 실린 육당의「해에게서 소년에게」의 마지막 1절이다. 이 작품 속에서 형식의 파괴와 시대의식의 일단을 엿볼 수 있다.

번역소설도 활발하였다. 개화기에 번역된 소설은 초역(抄譯)이 아니면 줄거리 소개 정도이고 완역(完譯)은 극히 드물었다. 문학 작품으로 맨 처음 번역 출간된 것은 1895년 게일 박사에 의해

두 권으로 역간(譯刊)된 존 버년 원저『천로역경』이었다. 조선 근대화 과정이 기독교와 불가분의 관계를 지니고 있는 역사적인 배경을 생각할 때, 기독교 문학의 대표작 중 하나인『천로역경』의 출간은 우연한 일이 아니었다. 1907년에는『서사건국지』(쉴러 원작, 박은식 역),『철철세계』(쥘르 베르느 원작, 이해조 역),『애국정신』(애미마르 원작, 이채우 역),『로빈손 표류기』(디포우 원작, 김찬 역),『경국미담』(야노 원작) 등이 번역 출간되었다.

개화 초기에 윤치호는 이솝 이야기를 다른「이색우언」을, 최남선은「걸리버 여행기」와「일리아드」를 번역해 잡지에 게재하였다. 그 외 작가들도 밀턴, 셰익스피어, 괴테, 위고, 톨스토이, 안데르센 등 서구 작가들의 작품을 초역 혹은 줄거리를 따서 잡지에 소개하였다.

번안소설도 활발하였다. 번안소설이란 외국작품을 그 스토리만 살리고 장면과 등장인물을 바꾸어, 우리나라를 무대로 한 소설을 말한다.『설중매』나『장한몽』이 그 대표적인 예이다. 번안소설은 해방을 전후해서는 탐정소설 전문 작가인 김래성이 주로 많이 썼다. 나도 소싯적 우리집 사랑방 구석에 나뒹구는『진주탑』이라는 김래성 선생의 번안소설을 감명 깊게 읽었는데 듀마의『몬테크리스토백작』을 1947년도에 번안한 것이었다.

당시 조선의 사회상

"당시의 사회상은 어땠을까?"

"사회상이라면 서민들의 삶을 말하는 것인가?"

"그렇다고도 볼 수 있지."

개화의 물결 속에서도 양반의 폐해는 두드러졌다. 앞에서 소개한 김옥균의 상소문 그대로 당시 조선사회는 양반 제도 때문에 썩어 문드러지고 있음을 알 수 있었다. 조선의 교육 제도가 문제였다. 양반이라는 특수 계층이 한문으로 된 학문을 독점하였고, 이를 시험하는 과거를 통해서만 관직에 나아갈 수 있었기 때문이었다. 나중에는 과거 급제자 수가 너무 많아져 관료 자리의 공급과 수요의 원칙이 무너져 버렸다. 선비 중 태반이 무위도

식하는, 시쳇말로 건달 신세가 되었다. 벼슬에 오르면 직위와 녹봉을 누리지만, 그렇지 못한 부류는 사회에 나쁜 영향을 끼치는 방법으로 삶을 모색하게 되므로 지탄의 대상이었다. 이력전위치(以力田爲恥)—힘으로써 일하면 수치스럽다—와 같은 고루한 근로천시사상은 조선 사회의 커다란 병폐였다. 양반과 상민 사이에는 간극이 생기기 마련이었다. '양반이 관직을 얻어 벼슬을 3년 하면 자손이 만복을 누린다.'고 할 만큼 관료를 비롯한 양반층의 민중 수탈은 공공연한 행위였다.

그런 와중에서도 날로 발전하는 해외의 기술이 전래되곤 했다. 우물 안 개구리로 전락한 조선이 기술에 눈을 뜬 것은 이양선(異樣船)의 출현으로부터 비롯되었다. 무동력 목선에만 의존하던 당시에 증기기관선의 출현은 경이, 그 자체였다. 문호 개방을 요구하려고 조선 해안에 나타난 세계 열강의 배들은 거대한 동력선이었다. 인도양을 거쳐 동진(東進) 북상(北上)하는 배들은 영국, 프랑스, 독일의 것이었고, 태평양을 건너 서진(西進)하는 미국의 배와 북쪽으로부터 남하(南下)하는 러시아 군함들로 조선 앞바다는 강대국의 각축장이 되었다. 부웅! 부웅! 통 !통! 통! 뱃고동을 울리며 기관음도 경쾌하게 항진하는 문명의 이기(利器)를 보고 쇄국의 빗장을 단단히 걸어 잠근 흥선대원군도 탐을 냈다고 한다.

대원군은 1866년 평양 대동강에서 조선 관군의 공격을 받아 불타 가라앉은 셔먼호를 육지로 건져 올려 한강에 옮겨 놓고 그 방면에 조예 깊은 기술자들로 하여금 복원케 하였다. 이 사업은 국가의 경비가 수십만 냥이 소요되고, 철(鐵)과 동(銅) 같은 자재가 엄청 소요되는 대역사였다. 셔먼호를 모방하여 선박을 건조하고 목탄(木炭)을 연료삼아 진수(進水)시켰으나 선체가 무겁고 동력이 약하여 움직이지 않았다. 그것을 다시 뜯어고쳐 드디어 완성시켰는데 배가 너무 느리게 움직였고 그나마도 계속 움지이지 않아 크게 실망하였다. 셔먼호에 장착된 각종 대포와 총기를 모두 건져내어 쓸 만한 것은 군기(軍器)로 이용하고, 또 프랑스의 대포를 모방하여 동일한 형태의 대포를 제조하였다는 설도 있다. 대원군이 서양을 적으로 대하면서도 그들의 기술을 받아들이려고 한 정황은 엿볼 수 있지만 적극적이지는 않았던 것 같다.

조선 사람들이 이양선을 보고 그것이 증기기관선임을 언제부터 알았는지에 대해서는 자세한 기록이 없다. 그러나 조선 최초의 신부였던 김대건이 증기기관선에 관해 이야기한 적이 있으며, 또 1842년에 끝난 아편전쟁과 1860년 영불 연합군의 북경 함락이 알려짐으로써 서양 군함과 대포의 우수성이 널리 인식되었을 터이니 대원군 시대에 조선 해안에 나타난 이양선이 곧 증기기관선임을 아는 사람은 많았을 것이다. 그런데도 대원군은 쇄국정책을 고집하였으니 요즘 말로 하면 직무유기의 죄를 범한 거나 다름없었다.

"당시에 인구에 회자되었던 우스갯소리를 소개하겠네."

"그렇게 하게. 너무 딱딱한 얘기만 들어서인지 골이 아프구만."

1847년 프랑스 군함 2척이 전라도 근해에 좌초된 사건이 있었다. 주민들은 무슨 난리가 났나 싶어 피난을 갔다가 너무 조용해 다시 돌아와 보니 프랑스 군인들이 총과 대포를 비롯한 많은 물건을 남겨 놓고 간 것이었다. 그런데 그 중 한 상자 속에서 똑딱거리는 소리가 들리는 것이었다. 그 소리는 여러 날이 지나도록 계속되었다. 놀란 주민들은 이는 필시, 서양인들이 재앙을 주기 위해서 귀신을 남겨 놓았다고 법석을 떨며 그 귀신을 내쫓기 위해 무당을 불러 굿을 하였다. 굿을 하고 얼마 후에 아무 소리가 나지 않으므로 주민들은 귀신이 죽었거나 도망갔다 여기고 굿의 영험함을 자랑하였다. 나중에 알고 보니 그것은 귀신이 아닌 자명종이었다는 것이다.

　당시 조선 사람들의 서양기술에 대한 혐오 내지 반발은 비록 일시적이었지만 강력하였다. 일부 민중은 서양 증기기관선을 복마선(伏魔船)으로 보았고, 전지(電池)는 당시 민비가 총애하던 무당 진령군(眞靈君)의 조화로 보았다. 또 전기는 서양 도깨비불로 인식되었고 전기시설의 가설(架設)로 인한 증기기관의 냉각수가 궁중의 한 연못에 흘러들어 고기들이 죽는 것을 보고는 '증어(蒸漁)는 망국(亡國)의 징조'라고 수군덕거렸다. 또 서울에 전차가 운행되었는데 가뭄만 들어도 그 원인이 전차 때문이라고 원성을 쏟아내자 고종 황제도 그 말을 믿고 전차 궤도(軌道)를 뜯어 버리려 한 적이 있었다는 것이다.

　전국에 천연두가 창궐할 당시 지석영(池錫永)이 종두(種痘)를 개발하여 주사를 놓으려 하자 모두들 '우두(牛痘)를 맞으면 소가 된다'고 하여 기피하였다는 것이다. 지석영은 3살 먹은 아이에게 몰래 주사를 놓았는데 그게 발각되자, 그 아이가 아무런 이상이 없다는 것이 확인될 때까지 가택 연금을 당했다고 한다.

석유에 관한 신화도 횡행하였다. 석유는 영·미·중동 등 여러 나라에서 생산되는데 어떤 사람은 석유를 바다에서 얻는다고도 말하고, 어떤 사람은 석탄의 근원이라고도 말하고, 어떤 사람은 눌을 삶아서 석유를 걸러 낸다고 하는 등 그 설이 분분했다. 그러나 그것이 천연자원임을 알게 된 것은 훨씬 후의 일이었다.

우리나라에서는 1880년 이후에야 석유를 사용했다는 기록이 있다. 석유는 생산 초기에는 그 빛깔이 붉고 냄새가 지독했으며 1홉으로 10일 밤을 태울 수 있었지만 해가 갈수록 그 빛깔은 점점 하얗게 되고, 냄새는 적었으나 화력은 아주 감소되어 1홉으로 겨우 3~4일 밤밖에 태울 수 없었다. 석유가 나온 뒤로부터 기름을 짜는 열매(아주까리 등)를 많이 심지 않았고 석유가 아니면 등불을 켤 수 없게 되었다. 이러한 자연도태 현상을 황현(黃玹)은 『매천야록(梅泉野錄)』에서 다음과 같이 적고 있다.

……대체로 어떤 것이든지 한쪽으로 치우치기 마련인 것이다. 양쪽을 모두 충족시킬 수 있다면 얼마나 좋겠는가. 양면(洋綿)이 생산되니 면화(棉花) 농사가 필요 없게 되고 양철(洋鐵)이 나오면서부터는 철(鐵)의 생산이 줄지 않았느냐……

독립 투쟁의 진행

"한일병탄 후의 국내 정세는 어떠하였을까?"

"조선의 멸망으로 단군 조선 이래로 5천여 년이나 이어져 왔던 세습 왕조는 역사의 뒤안길로 사라졌네. 서양 열강들은 미개한 나라를 점령하면서도 그들의 왕조만은 존속시켜 그 나라 국민들로 하여금 정신적인 지주로 받들게 하였는데 일제는 그렇지 않았네. 베트남의 경우를 보게. 인도차이나 반도를 장악한 프랑스는 베트남의 '응우엔 왕조'를 그대로 두고 대를 이어 황궁 '후에'에서 살게 하였다지 않던가. 아예 왕조의 씨를 말살한 일제의 잔인성은 알아줄 만한 거네."

"일제의 야심은 따로 있었던 것 같아. 내선일체를 표방하면서 동질성을 확보한 후 본토인들은 조선으로 보내고 조선 사람들은 만주나 시베리아로 보낼 궁리를 진즉부터 하고 있었던 거야. 언제 가라앉을지 모르는 지리적인 핸디캡 때문이었겠지."

조선 왕조는 허무하게 스러졌지만 민중의 저항의식은 결코 소멸되지 않았다. 한일병탄 9년 후인 1919년 3월 1일 비록, 무저항이었지만 3·1만세사건이 일어난 것이었다. 빈손으로 만세만 부르는 군중을 일제는 무자비하게 제압했다. 그 사건 이후로 태극기 게양은 물론 애국가 제창도 금지시켰다. 왕조의 도읍지였던 한성부를 경기도 경성부로 격하하여 일개 지방 도시 취급을 하였다.

매국노들의 논공행상과 바다를 건너온 일본 지주의 수효가 늘어나자 소작농 관계도 악화되었다. 총독부에서 행한 토지정리사업 역시 농민들에게 불리한 일방적인 것이었다. 1918년 일본에 흉년이 들어 곡식이 바닥나자 조선총독부는 조선에서 많은 쌀을 공출이라는 명목으로 빼앗아 갔다. 농민들의 불만은 고조되었으나 달리 방법이 없었다. 이런저런 게 꼴보기 싫은 조선인들은 만주, 북간도, 또는 러시아의 연해주로 이주했다.

1918년 1차 세계대전 중에 스페인 독감이 온 세계에 퍼졌다. 조선에도 창궐한 이 병으로 십수만 명의 사망자가 나왔다. 충청도 홍성 지역이 가장 심했다. 1918년 11월 18일 오스트리아와 독일의 항복으로 4년간이나 지속되었던 1차 세계대전은 막을 내렸다. 1919년에 프랑스 파리에서 1차 세계대전의 뒤처리를 위한 파리 강화 회의가 열렸다. 이 회의 석상에서 미국 대통령 윌슨은 '각 민족의 운명은 그 민족 스스로 결정하게 하자'는 이른바 민족자결주의를 선포하였다. 이 회의는 베르사이유 협약으로 비약하여 1920년 1월 16일 탄생한 국제연맹의 산파 역할을 하였다. 이러한 국제 정세에 따라 조선의 독립운동도 희망의 분위기가 살아났다. 러시아의 적색혁명을 성공시킨 볼세비키의 레닌도 이에 동조하였으므로 그 파급 효과는 지대하였다.

국내에서는 3·1운동이 일어나 독립운동의 새로운 전환을 맞이하게 되었다. 1919년 1월에 고종 황제가 승하했다. 평소 건강했던 고종의 사망은 많은 의문이 꼬리를 물고 일어났다. 이완용의 독살설이 전 국민 속으로 전파되었다.

고종의 인산일인 3월 3일을 기해 봉기하자는 여론이 들끓었다. 그렇지 않아도 대대적인 만세운동이 준비되고 있던 시기였다. 그러나 후유증이 염려된다며 손병희 등 민족대표 33인은 자신들만 3월 1일 태화관에 모여 독립선언문을 낭독하고 만세를 부르는 걸로 축소했다. 하지만 만세운동의 불길은 전국으로 번져 나갔다.

박은식의 『한국독립운동지혈사』에 의하면 만세 참가자 2백만여 명 가운데 사망자 7,509명, 부상자 45,306명, 불탄 민가 715호, 교회 47개소, 학교가 2개소였다 한다. 이러한 3·1만세운동은 일제의 폭력적인 진압으로 비록 성공하지 못했지만 제1차 세계대전의 승전국으로서 국제적 위상이 높아져 한껏 자만해 있던 일본의 콧대를 꺾어 놓기에 충분했다.

한편, 3·1운동의 영향으로 상하이에서는 임시정부가 수립되었다. 1919년 4월 11일 독립운동가들이 모여 임시의정원을 구성하고 의정원에서 국호와 임시헌장 10개조를 제정 공포한 후 국무총리와 6부의 행정부로 국무원을 구성했다. 현재 우리 정부에서는 이 날을 임시정부수립일로 정하고 2019년부터 매년 기념행사를 치르고 있다.

처음에 우리 정부에서는 임정수립일을 4월 13일로 알고 1989년부터 이 날을 기념일로 삼은 바 있었다. 그러자 반대 여론이 일었다. 4월 13일이 아니고 그 이틀 전인 4월 11일이라는 것이었다. 국가보훈처에서는 여러 의견 수렴을 거쳐 2017년에야 기념식 날짜를 4월 11일로 다시 정한 바 있다.

상하이임시정부 27년은 크게 3기로 나뉘는데 제1기는 상하이시대(1919~1932), 제2기는 이동시대(1932~1940), 제3기는 중경시대(1940~1945)로 구분할 수 있다.

제1기 상하이 시대 (1919~1932)

이 기간에 임시정부는 7번이나 청사를 옮기면서도 끈질기게 독립운동을 전개해 나갔다. 처음에는 중국 쑨원(손문)의 호의로 프랑스조계 '김신주로 22호'에 임시정부 청사를 차리고 선포식을 가질 수 있었다. 당시의 동북아 정세를 보면 일본은 틈만 나면 중국을 도발하면서 침략할 구실을 찾고 있었다. 마침내 일본은 만보산 사건을 일으켜 만주를 급거 침략하여 중국 대륙을 집어 삼킬 기반을 마련하였다. 만보산 사건은 1931년 7월 2일 만주의 길림성 장춘현 삼정보에서 발생한 조선인 농민과 중국 농민의 소요 사태를 말한다. 이 문제는 별로 이슈가 없는 그저 그런 조그만 소요사태였으나 일본의 입장에서는 중국 침략의 단초를 마련하는 호기가 되었다.

1932년 같은 해에 이봉창 의사와 윤봉길 의사의 의거가 있었다. 먼저, 1932년 1월 8일 이봉창 의사가 도쿄에서 일황 히로히토에게 폭탄을 던졌다. 이봉창 의사는 1901년 8월 10일 서울에서 태어났다. 1930년 우연히 상하이로 건너가 임시 정부 요원인 안공근을 만나 민족의식을 깨우쳤다. 김구 선생은 그의 패기를 알아보고 한인애국단에 가입시켰다. 그리고 천황 암살 작전을 맡겼다.

1932년 1월 8일 도쿄 요요기 연병장에서 히로히토 천황의 참석 하에 신년 관병식이 열렸다. 관병식이 끝나자 천황은 식장을 빠져 나갔다. 11시 44분 천황 일행의 마차가 시쿠라다몬에 도착했을 때 군중들 틈에서 갑자기 수류탄 한 발이 날아들었다. 뒤따르던 수행원들이 다쳤고 천황은 허겁지겁 현장을 빠져나가 위기를 모면했다.

이봉창 의사의 의거는 비록 실패하였지만 잠들어 있던 민족의 독립의지를 만천하에 드러내었고 중국 정부의 지원을 이끌어내 임시정부의 혈맥을 틔워 주었다. 1932년 10월 10일 이치가야 형무소에서 이봉창 의사의 사형이 집행되었다.

같은 해 일제에 대한 적개심으로 불타 있던 윤봉길 의사 역시 4월 29일 일본 천황의 생일을 맞아 상하이 홍구공원에서 열린 전승축하기념식 석상에 폭탄 2개를 던졌다. 폭탄은 굉음과 함께 불꽃이 일어나며 식장 단상에 있던 요인들 앞에서 터졌다. 사라카와 대장과 카와바다가 치명상을 입었고 노무라 중장은 한쪽 눈을 잃었다. 그 외에 우에다 중장, 시게츠미 공사, 무라이 총영사, 토모도 거류민단 서기장이 중상을 입었다.

윤봉길 의사는 1908년 6월 21일 충남 예산군 덕산면 사량리에서 태어났다. 아호는 매헌(梅軒)이다. 한학을 익히며 민족의식을 함양하다가 뜻한 바 있어 농민계몽운동에 뛰어들었다.

제2기 이동 시대 (1932~1940)

윤봉길 의사의 의거를 계기로 포악해진 일제의 탄압, 보복, 미행, 수색, 압거 등을 피하여 임시정부는 1932년 5월 이후 1940년까지 8년 동안 가흥, 항주, 소주, 진강, 남경, 장사, 광주, 유주, 계림, 치장 등 10곳을 전전하며 남서쪽으로 이동하게 되었다. 이 기간 동안 중국 정부의 도움을 받았다.

제3기 중경 시대 (1940~1945)

1940년 중경에 정착한 임시정부는 숙원 사업인 국군으로의 광복군을 창설하여 내외에 선포했다. 광복군은 주석 김구 지휘 하에 총사령관 지청천, 참모장 이범석을 중심으로 1945년 11월 광복으로 귀국할 때까지 직할 무장부대로서 활동했다. 중간에 장준하, 김준엽 등 학병으로 강제 동원되었던 사병 수백 명이 일본군 부대를 탈출해 광복군으로 합류했다. 또 임시정부는 외교정책을 수행하기 위해 1941년 11월 주미외교위원회를 워싱턴에 설치하고 구미 방면의 외교활동을 전개해 나갔다. 이어 일제에 의한 태평양전쟁이 발발하자 미국, 중국에 이어 대일선전포고를 발표했다.

중경시대의 임시정부 역시 기밀 유지를 위해 5년 동안 4번이나 청사를 이동하였는데 그때마다 중국 정부로부터 적극적인 지원을 받았다.

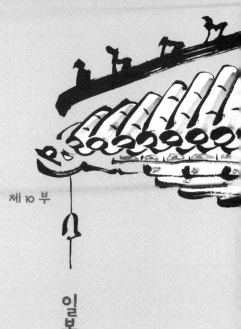

제 10 부

일본의 패망

패망을 자초한 일본의 과욕

조선을 강제로 병탄한 일본은 이에 만족하지 않았다. 아편전쟁의 승리로 홍콩을 거저 얻은 영국이 마냥 부러웠던 것이다. 더욱이나 청일전쟁의 전리품인 동양의 요충지 요동반도를 러시아의 개입으로 중국에게 토해냈다가 천신만고로 치룬 러일전쟁에서 승리하여 되찾은 터라 애착이 더했다. 일본은 이곳을 근거지삼아 대륙으로 뻗어 나갈 심산으로 있었다. 그 꿈은 이루어졌다. 1931년 만주사변을 일으켜 남만주 전 지역을 장악한 것이었다.

만주사변은 일본의 자작극으로 발발하였다. 만주 류타오후에서 일본이 관할하는 철도를 스스로 폭파시켜 놓고 중국 소행으로 덮어씌우고, 이를 핑계로 군사 행동을 벌여 만주를 손에 넣은 것이다. 그리고는 쑨원의 신해혁명으로 황위에서 쫓겨난 청나라 마지막 황제 푸이를 데려와 왕으로 삼고 만주국이라는 괴뢰 정권을 세웠다. 그러고도 양이 차지 않았다. 중국 본토를 집어 삼켜야만 하는데 마땅한 명분이 없었다. 음흉한 일본은 명분 만들기에 혈안이 되었다. 조선의 강제 개항이나 만주사변 당시와 같은 자작극을 다시 써먹을 요량을 하고 있었다. 그게 바로 1937년 발생한 노구교 사건이었다.

"일본은 노구교 사건을 빌미 삼아 중일전쟁을 일으켰네."

내 말에 B는 즉각적인 반응을 보였다.

"노구교 사건은 또 뭔가?"

"1937년 7월 7일 베이징 근교인 노구교에 주둔 중인 일본군에게 중국군이 총격을 가해 피해를 입혔다고 억지 주장한 사건을 말하네. 일본은 이를 구실 삼아 총공격을 개시하였네. 7월 30일에는 베이징과 텐진을 점령하고 8월 12일에는 상하이 부근까지 전선을 넓혔네."

"중국은 손놓고 있었나? 잠자는 사자라고 조롱 받을 만하구만."

"그래도 대국인데 그저 바라만 보고 있었겠나. 쑨원의 뒤를 이은 장제스(장개석)는 선견지명의 안목을 지녔던가 봐. 중일전쟁 발발 1년 전인 1936년 시안에서 경쟁자였던 중국 공산당의 마우쩌뚱을 설득하여 2차 국공합작을 체결하고 대비하였으니 말이네."

"그게 2차 합작이라면 1차 합작은 언제 한 거야?"

"청나라가 멸망한 직후였네. 1911년 10월 10일 우창 봉기를 신호탄으로 하여 신해혁명이 일어나지 않았던가. 1912년 선통제가 퇴위함으로써 수천 년을 누려오던 중국 왕조는 역사의 뒤안길로 사라지고 말았네.

신해혁명을 이끈 쑨원은 중국 국민당을 창당하였고 새로 태동한 중국 공산당은 마우쩌뚱을 중심으로 각기 세력 확장을 위해 힘쓰고 있었네. 그들 앞에 장애물이 생겼는데 그게 바로 만주의 장작림 같은 기득권을 가진 지방 군벌인 거라. 국 · 공 두 진영은 이데올로기 싸움에 앞서 날로 팽창하는 군벌부터 정리할 필요를 느꼈겠지. 그래서 생겨난 게 제1차 국공합작이네.

그러나 그 약조는 쑨원이 병사하고 장제스가 국민당을 이끌면서 와해되었는데 그 까닭은 상하이에서 국민당이 공산당을 박해한 때문이었다누만."

"국민당이 신의 성실의 원칙을 어긴 거로구만."

"그렇다고 봐야지."

일본은 중국의 국공 연합세력의 저항에도 굴하지 않고 파죽지세로 전선을 넓혀 갔다. 1937년 11월 15일 상하이를 확보하고 12월 13일에는 중국 남부의 거점 도시 난징을 점령한 후 1개월 간에 걸쳐 군인, 민간인 가리지 않고 대학살을 단행, 30만 명 이상을 살해하였다. 역사에서는 이 사건을 가리켜 '난징대학살'이라고 부른다.

일본군은 여기에서 멈추지 않고 내친걸음에 광저우, 우한 등 대도시를 포함한 광범위한 지역을 석권하고 전선을 확대해 나갔다. 그러나 주판알을 튕겨 보니 수고롭기만 하였지 실속이 없다는 결론에 이르게 되었다. 전쟁이 길어질수록 국공연합군의 저항은 완강하였고 전쟁은 차츰 교착 상태로 접어들었다. 국부군의 반격보다는 게릴라전에 명수인 중국 공산당 휘하의 정예 팔로군의 존재가 두려워지는 것이었다. 치고 빠지는 신출귀몰하는 국공연합군에게 고전을 면치 못하는 일본은 새로운 출구를 모색하여야만 하였다.

그 와중에서도 중국 공산군은 자신들의 지지기반을 확대하기 위해 총력을 집중하고 있었다. 후일을 도모하려는 전략이었다. 기강이 해이해질 대로 해이해진 국부군은 군수물자를 팔아먹기도 하고 백성들의 재산을 약탈하고, 젊은이들을 강제로 잡아 가는 등 민심 이반을 일삼았다. 하지만 반대로 공산군은 철저한 규율로 병사를 통제해 민폐를 끼치지 않으므로 농민들로부터 호감을 샀다. 그렇게 공을 들인 결과, 후일 일본 패망 후 인민들의 높은 지지를 얻어 중원을 차지할 수 있었던 것이다.

제2차 세계대전의 발발

　제2차 세계대전은 1939년 9월 1일 나치 독일의 폴란드 침공으로부터 시작되었다. 독일의 히틀러, 이탈리아의 무솔리니, 일본은 도오죠, 이 3인이 주축이 되어 일으킨 전쟁이었다. 역사에서는 이들 3국을 추축국(樞軸國)이라 불렀다. 추축국에 대항하는 연합국은 미국, 영국, 소련, 프랑스, 중국 등이었다.

　이 전쟁은 1945년 8월 15일 일본이 항복할 때까지 장장 6년에 걸쳐 진행되었다. 1차 세계대전 종전 이후 21년 만에 발발한 2차 세계대전은 현재까지 인류 역사상 최대 규모이자 최악의 전쟁으로 평가받는다. 제1차 세계대전의 연장선상에 놓인 이 전쟁은 유럽 전역뿐만 아니라 태평양의 여러 섬들과 중국, 동남아시아, 그리고 북아프리카 등 전세계를 무대로 전개되었다.

"이 전쟁의 범위는 전세계적이어서 너무 광범위하므로 우리와 관계가 되는 태평양 전쟁 위주로 고찰해 봄이 어떨까?"

B의 말에 나도 적극 찬성하였다.

"좋은 생각이네."

앞에서 잠깐 언급한 바와 같이 일본은 중국 대륙에 진출하는 야망을 달성하였으나 실속 면에서는 별로였다. 별 소득도 없으면서 오랜 동안 치른 전쟁으로 전 국민의 피로도만 증가되었다. 속전속결이 필요한 시점이었다. 일본은 유럽 대륙의 복잡한 국제정세를 면밀히 살피며 주판알부터 튕겼다. 유럽 각국이 나치 독일과의 교전으로 정신이 없는 틈새를 활용하기로 한 것이었다.

동남아 각지에는 유럽 강국들이 강점한 식민지들이 널려 있었다. 스페인이 지배하다가 미국에게 물려 준 필리핀을 비롯하여 네델란드 영토인 인도네시아, 프랑스 영토인 인도차이나 반도의 여러 나라, 그 외에도 영국이 차지한 말레시아 반도 등에 눈독을 들이고 있던 참이었다. 이 지역은 산업경제에 필요한 원료, 즉 주석, 고무, 석유 등의 주산지이기 때문에 욕심이 난 것이었다.

전쟁사 연구에 도통한 일본의 전략가들은 1940년까지만 해도 유럽 강국 중 한 개의 나라와 전쟁을 벌이게 되면 일대일 구조이므로 승산이 있을 거라 생각했었는데 그게 아니라는 결론을 얻게 되었다. 태평양 어느 한 지역에서 전쟁이 터지더라도 종내는 이 지역에 식민지를 가지고 있는 유럽 열강들이 연합할 것이므로 섣불리 상대하였다가는 곤란한 지경에 처하게 될 것이라

여긴 것이었다. 가장 센 나라를 먼저 공격해 기선제압하는 게 중요했다. 그들이 보기에 태평양 지역에서 전쟁이 터지면 가장 두려운 존재는 단연 미국이었다. 일본은 '한 놈만 패라'는 속담대로 미국을 선제공격해 기를 꺾어 놓으면 전쟁은 승산이 있다는 결론에 도달하였다.

일본은 1941년 12월 8일 새벽, 미국에게 선전포고도 없이 기습적인 침공을 감행했다. 하와이의 진주만과 필리핀의 미군 군사 시설이 그 타킷이었던 것이다. 태평양전쟁의 시작이었다.

일본은 진주만 공격 하루 전인 12월 7일 기습공격에 투입될 항공기를 탑재한 여러 척의 항공모함과 호위 전함들을 하와이 섬 지근에 집결시켰지만 미국은 그 사실을 까맣게 모르고 있었다. 그러나 다행스럽게도 항공기를 탑재한 자국의 항모 3척은 이미 기지를 떠나 있어 화를 면할 수 있었다. 12월 7일 새벽 항공모함에서 발진한 일본의 가미가제(자살폭격조종사)를 포함한 360여 대의 전투기들은 두 무리로 나뉘어 새벽하늘을 날아올라 진주만으로 향했다.

당시 진주만 미군 기지에는 전투함 80척, 전함 24척, 3백여 대의 항공기가 있었다. 이 기습 착전으로 미군의 기지는 완전 파괴되었고 수십 척의 구축함과 180여 대의 항공기가 손실되었다. 2천여 명의 장병이 사망하고 1천여 명이 부상당했다.

해안의 일부 군사시설이며 유류 저장 시설은 무사해서 후일을 기약할 수 있었다. 기지를 떠나 있어 화를 면한 미군의 항모 3척은 나중에 벌어진 북태평양의 미군 기지인 미드웨이 부근 해전에서 일본군을 크게 무찌르고 태평양 전쟁을 승리로 이끈 주역이 되었다.

이 기습 공격은 미국 국민을 똘똘 뭉치게 하는 계기가 되었다. '자국의 피해가 없으면 가급적이면 중립을 지켜야 한다'는 미국의 여론은 없던 일이 되고 말았다. 12월 8일 미국 의회는 대일본 선전포고를 함으로써 미국의 태평양전쟁 개입은 시작되었다.

한편, 진주만 기습 공격으로 기선을 제압한 일본은 다음 날 대만 기지에 있던 폭격기를 출격시켜 필리핀의 클라클 비행장과 이바 비행장을 맹폭해 50% 이상이나 그 기능을 마비시켰다. 같은 날 일본 폭격기는 홍콩에 있는 영국군 기지를 공격, 막대한 손실을 입힘과 동시에 광동반도 주둔 육군을 투입하여 영국, 캐나다 수비대의 항복을 받아내는 전과를 올렸다. 기세가 오른 일본군은 12월 9일 태국의 수도 방콕을, 12월 19일에는 버마(미얀마)의 빅토리아곶을 점령했다.

일본군은 전쟁 개시 1년도 채 못 된 1942년 1월 말까지 말레이시아 반도, 필리핀, 동남아시아, 동인도 제도, 태평양 지역의 여러 섬들을 점령하는 혁혁한 전과를 올렸다. 고무된 일본은 미드웨이섬을 공격하기로 작전을 세우고 실행에 들어갔다. 미드웨이섬을 석권한 다음 알류산 열도에 군용 비행장을 만들어 미국 본토의 심장부를 공격해 전쟁을 빨리 종식시킬 생각에서였다.

일본은 1942년 6월 4일 새벽 미드웨이섬 점령 작전에 돌입했다. 당시 일본군의 전력은 항공모함 4척, 소형 항모 3척, 수상비행기 탑재 항모 2척, 전함 11척, 순양함 15척, 구축함 44척, 잠수함 15척이었으며, 미국의 전력은 앞서 말한 대형 항모 3척, 순양함 8척, 구축함 18척, 잠수함 18척이었지만 함대를 지원해 줄 항공기는 115대나 보유하고 있어 공군력에서는 일본의 우위에 있었다. 미국은 이번에는 호락호락하지 않았다. 공군력의 우위를 바탕으로 심기일전하였다. 일본의 항모 4척을 단숨에 침몰시키고 대형 순양함까지 격침해 버리자 전세는 하루아침에 역전되었다.

일본군은 하루도 제대로 버티지 못했다. 6월 4일과 5일 양일에 걸쳐 대대적으로 후퇴하기 시작했다. 일본은 이 전투에서 항모 4척과 그들이 자랑하는 가미가제 정예 조종사들을 거의 잃고 말았다. 미군의 대승으로 종결된 미드웨이 해전은 영화로도 제작되어 흥행가도를 달린 바 있다. 역사에 길이 남을 치열한 미드웨이 해전은 태평양 전쟁의 승패를 가르는 사실상의 전환점이 되었다. 승기를 잡은 미군의 합동참모본부는 1942년 7월 2일 뉴브리턴 섬, 솔로몬 제도, 그리고 뉴기니아의 동부 지역 탈환을 위해 3단계 공격 명령을 하달했다.

1단계 : 툴라기 섬과 산타크로스 섬을 점령할 것.
2단계 : 솔로먼 제도와 뉴기니아를 점령 할 것.
3단계 : 비스마르크 제도와 리바울, 그 밖의 지점 등을 점령할 계획을 실행에 옮길 것.

이 작전으로 콰다카날과 파푸아 섬을 탈환함으로써 일본군의 남진 정책은 수포로 돌아갔고 오스레일리아와 뉴질랜드는 비로소 공포의 그늘에서 벗어날 수 있었다. 일본은 리비울 주둔 일본군을 지휘하기 위해 부건 섬으로 향하던 야마모토가 탑승한 비행기가 연합군 공군기에 격추 당해 야마모토가 전사하는 등 악재가 계속 터지고 있었다. 일본군은 사기는 저하되었지만 악발이 근성으로 끝까지 버티고 있었다.

나치 독일과 이탈리아가 주축이 된 유럽의 전황도 추축국에 불리하게 전개되고 있었다. 북아프리카의 이집트에서는 몽고메리 장군이 이끄는 연합군이 롬멜 장군의 독일 전차군단을 괴멸시키는 전과를 올렸고 패전한 독일군은 이웃 튀니지로 후퇴하여 겨우 명맥을 유지하고 있을 뿐이었다. 독일에서도 커다란 변화가 있었다. 패전을 예감한 히틀러가 1945년 4월 30일 스스로 죽음을 택한 것이었다. 그 후임으로 되니츠가 부임하였으나 그 다음날인 5월 1일 소련군이 베를린을 함락시키자 퇴니츠는 역부족임을 알고는 5월 8일 연합국 측에게 무조건 항복을 선언하였다.

이탈리아의 독재자 무솔리니 역시 비참한 최후를 맞고 말았다. 1945년 4월 25일 이탈리아 파시스당 대평의회에서 무솔리니의 탄핵안이 통과되어 권좌에서 쫓겨나자 무솔리니는 스위스로 도망가던 중 자국의 공산당 유격대원에게 붙잡혀 비참하게 살해당한 것이었다. 이탈리아 정부 역시 대세의 흐름을 거역할 수 없자 마침내 항복을 선언하고 말았다. 이로써 유럽에서의 전쟁은 끝이 났으나 일본이 주도하는 태평양전쟁은 아직 진행 중이었다.

종전을 앞당긴 원자탄 투하 작전

　이렇듯 전세가 불리하게 돌아가는데도 일본은 무작정 버티기 작전으로 일관하고 있었다. 미국은 이 전쟁을 빨리 종식시키기 위해 극약 처방을 내려야만 하였다. 1945년 3월 9일과 10일 양일에 걸쳐 수도 도쿄에 야간 공습을 감행한 것이었다. 도쿄 건물의 25%가 파괴되고 8만 인구가 사망하였으며 집 잃은 주민은 무려 1백만 명이 넘었다. 이러한 결과는, 미국으로 하여금 많은 지상군을 투입하지 않고도 수월하게 전쟁을 이길 수 있다는 자신감을 갖게 하였다.

　루스벨트의 후임으로 대통령이 된 트루먼은 지상군 위주의 재래식 전투보다는 병사의 희생을 최소화하는 전법을 시험 삼았는데 작전이 성공한 것이었다. 트루먼 대통령은 항공기를 이용한 대량 살상 무기, 즉 원자탄 투하를 결심하고 때를 기다리고 있었다.

이러한 미국의 속셈을 알아차리지 못한 일본은 미국을 비롯한 연합국 측의 협상 요구를 받아들이지 않고 엉뚱하게도 1억 국민 옥쇄설을 주장하며 더욱 완강히 버티었다.

"일본 인구가 몇 명인데 1억 옥쇄설이야?"

B의 말이었다.

"그러게 말야. 본토민 3천만 명에 더하여 통치 중인 한국, 만주, 대만 그리고 전쟁으로 획득한 태평양의 여러 섬 사람 모두를 포함하였을 거야."

"그게 수치의 근거였구만. 가증스런 것들……."

흔히 대동아전쟁이라고도 불리는 태평양전쟁은 일본의 식민지가 된 한국의 백성들에게도 크나큰 시련이었다. 전쟁 동안 겪은 고초는 말로 표현하기 어려웠다. 내선일체(內鮮一體)를 내세운 일제는 전쟁 뒷바라지를 강요하며 못살게 굴었다.

한국 국민들은 누구랄 것 없이 굶주린 배를 움켜쥐면서도 군량미 조달에 앞장 서는 등 일제의 지시에 무조건 따라야만 했다. 천황폐하를 위한 충정이라며 공출(供出)을 착취의 명분으로 삼았다. 군수품 조달이 여의치 않자 별의별 수작을 다 부렸다. 무기 제작에 사용되는 놋쇠를 구하기 위해 집집마다 광을 뒤져 제사에 쓰는 제기용 놋그릇까지 빼앗아 갔다. 교량의 교각을 해체하여 철근을 뽑아가고 윤활유를 대신한다고 송진 기름을 짜게 했다. 토종 수목인 소나무로 울울창창하던 온 나라의 산들은 벌거숭이가 되었다.

그뿐만이 아니었다. 병력 충원을 위해 장정들은 강제 징집되었다. 중학교 고학년 학생들은 학도병으로 끌려갔다. 전쟁이 한창이던 세간에는 '묻지마라 갑자생'이라는 은유어까지 생겨났다. 1942년 기준으로 만 20세가 되는 1924년 갑자년 출생의 조선 청년들은 심각한 신체적 결함이 없으면 무조건 징집 대상이었음을 은유 삼은 것이었다.

나이 지긋한 어른들은 징용으로, 꽃다운 처녀들은 위안부, 혹은 군수품 공장의 공원으로 강제 차출되었다. 최전선에 투입된 젊은이들은 일제의 총알받이가 되었고 징용으로 끌려간 사람들은 탄광에서 일하거나 아니면 남태평양 섬 곳곳에서 그들의 군 사기지며 비행장을 만드는 데 동원되었다.

문득, 돌아가신 장인어른의 회고담이 귓전을 울리고 있었다.

"나는 일제가 패망하기 얼마 전에 징용으로 끌려가게 되었다. 부산항에서 거대한 수송선에 올랐는데 그 배에는 나처럼 징용으로 끌려온 수천 명의 한국인들이 타고 있었다. 몇날 며칠 동안 배를 탔는데 어디로 가는지, 무슨 일로 가는지도 몰랐다. 망망대해를 항해하는데 갑자기 쿵! 하는 충격이 느껴지고 배가 요동치고 있었다. 미군 잠수함의 어뢰 공격을 받은 것이었다. 배는 서서히 침몰하고 있었고 선상은 아비규환의 아수라장으로 변하고 말았다. 마침, 뒤따라오는 일본 군함이 있어 우리를 구조하였다.

구조된 우리가 내린 곳은 남양군도의 팔라우 섬이었다.

우리는 일제의 군용 비행장을 닦는 공사에 투입되었다. 밤낮 없는 작업으로 죽을 지경이었는데 일본 천황의 항복 소식을 듣게 되었다. 하늘을 찌르는 환호도 잠시였다. 모든 보급이 끊기고 고립무원의 상태가 되고 말았다.

사냥자속으로 목구멍의 풀칠할 방도라도 찾아야만 하였다. 원주민들의 농토에 침범하여 고구마 등속을 훔쳐 먹다가 죽도록 두들겨 맞기도 하였느니라. 소가죽으로 만든 군화도 삶아 먹었다. 뱀이나 굼벵이도 잡아먹었다. 독이 든 이름 모를 동식물들을 잡아먹고 죽어 나가는 동료들이 부지기수였다.

나는 위생에 철저한 터라 경거망동하지 않았다. 물도 끓여 먹었다. 기진맥진 굶어 죽기 일보직전, 구원의 손길이 뻗쳤다. 미국 군함이 섬으로 다가와 우리를 발견하고 배에 태웠다. 미군들은 먹을 것도 주고 넝마가 된 옷들을 벗게 하고 헐렁한 새 군복으로 갈아 입혔다. 미국 군함은 우리 모두를 무사하게 부산항까지 데려다 주었다. 그렇게 해서 나는 살아 돌아왔느니라."

장인어른은 박정희 정권 때 일본 정부에서 받아낸 구상금의 혜택도 한 푼 받지 못한 채 돌아가셨다. 그로부터 얼마 후 정부로부터 무슨 조치가 있을 터이니 증빙서류를 제출하라 하기에 그렇게 하였지만 오늘날까지 감감 무소식 상태로 있다.

"일제도 나쁘지만 우리 정부도 한심하기 짝이 없구만, 빌어먹을!"

이 일과는 아무 상관도 없는 B가 나보다도 더 비분강개하고 있었다.

  미국의 전쟁 종결 의지는 대단했다. 1941년부터 은밀하게 개발해온 원자폭탄을 이 전쟁에 사용하기로 정한 것이었다. 1945년 8월 6일 히로시마(廣島)에 원자탄을 실은 B-29 폭격기를 보내 공중 투하하였다. 원자탄의 위력은 가공할 만했다. 폭탄이 폭발하자 엄청난 열기와 돌풍이 불어닥쳤다. 폭발 지점의 모든 것은 가루가 되었고 반경 11km에 이르는 전 지역은 완전히 초토화되었다. 47만 명이 사망하고 7만 명이 부상당하는 참혹한 결과였다.

  전황이 이렇게 전개되자 약삭빠른 소련은 밥상에 숟가락을 얹는 묘수를 던졌다. 8월 8일 일본에 선전포고를 선언한 것이었다. 그럼에도 일본은 항복할 의사를 표시하지 않았다. 미국은 또다시 과감한 조치를 취했다. 8월 9일 일본 규슈의 나카사키(長崎)에 2차로 원자탄을 투하한 것이었다. 나카사키 시민 4만여 명이 사망하고 비슷한 숫자가 부상을 입었다.

  그제서야 다급해진 일본은 드디어 8월 10일 연합국 측에 항복 의사를 내비쳤다. 그 와중에서도 조건을 달았다. '일본 국왕이 누리는 통치자의 지위를 침해하지 않는다면 협상에 응하겠다'는 것이었다. 이에 연합국 측도 단서를 달았다. '연합군 최고 사령관의 지시에 국왕은 복종해야 한다'는 내용이었다. 일본 역시 이를 수용하였으므로 양측의 협상 테이블은 마련되었다. 트루먼 대통령은 부랴부랴 일본 천황의 항복 문서를 접수할 상대자로 연합군 최고사령관인 맥아더 원수를 지명했다.

일본은 1945년 8월 14일 항복의 뜻을 정식으로 연합국 측에 통보하였고 8월 15일 정오를 기해 천황이 몸소 방송으로 항복 선언을 하였으며 도쿄만에 정박 중인 미국 군함 미주리 호 선상에서 천황을 대리한 외무대신이 항복 문서에 서명함으로써 제2차 세계대전은 드디어 막을 내리게 되었다. 35년 동안이나 주권을 빼앗겼던 대한민국은 이 날을 기해 자주 독립국이 되었지만 포츠담 선언에서 결정된 대로 38선을 기준해서 남북으로 갈리지 않으면 안 되었다.

"제2차 세계대전으로 가장 큰 덕을 본 나라는 어디라고 보는가?"

B의 말에 나는 마치 기다렸다는 듯 주저 없이 말했다.

"어디긴, 소비에트 연방이지."

"러시아 말인가?"

"응. 1차 세계대전 중 볼세비키 레닌이 혁명을 일으켜 공산주의 정권을 세우지 않았는가. 그때의 국호가 소련이었다구. 고르바초프 대통령 때 연방을 해체하여 발틱 3국을 비롯하여 우크라이나, 우즈베키스탄, 카자흐스탄, 체첸 등 여러 나라를 독립시켰잖은가. 그 이후로 소련은 러시아로 호칭되었네."

전쟁 동안 뒷짐만 지고 있다가 종전 1주일을 앞두고 어쩌다 전승국이 된 소련은 조선땅의 절반인 38 이북을 거저먹을 수 있었던 것이다. 이 전쟁 결과 가장 큰 이득을 본 나라는 소련과 모택동의 공산 중국이었고 본전도 못 건진 지도자는 장제스였다.

장제스는 연합국의 일원이 되어 일본을 물리치는 데 크게 공헌하였으나 전쟁이 끝나자마자 찬밥 신세가 되고 만 것이었다. 원조 물자인 무기를 공산군에게 팔아먹을 정도로 부패해진 국부군을 다스리지 못한 업보였다. 외딴 섬으로 쫓겨 가 대만이 된 자유중국은 전승국 자격으로 거부권 행사가 가능한 유엔 상임이사국이 되어 국제 무대에서 겨우 명맥을 유지하였으나 대세에 떠밀리다 종내는 공산 중국에게 유엔 상임이사국의 자격을 넘겨주는 처량한 신세가 되고 말았다.

아무튼 2차 세계대전의 종결로 세계의 지배력은 서유럽 국가에서 미국과 소련으로 옮겨가는 결정적인 계기가 되었던 것이다.

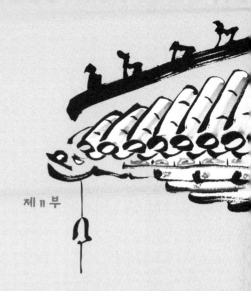

제 Ⅱ 부

끝나지 않은 도발

울릉도와 독도

　고향 체류 3일째, 우리 두 사람은 장흥댐 답사 길에 올랐다. 부산면과 접경인 심천 협곡을 막아 조성한 이 댐은 높이 54m, 길이 403m이며, 총 저수량은 1억 9천 일백만m³에 달한다. 강 이름은 탐진인데 댐 명칭이 장흥댐인 것은 탐진은 이웃 고을인 강진의 옛 이름이고 실제 수몰지역은 장흥 관내이므로 양측이 협의하여 그렇게 정한 때문이었다. 우리는 먼저 장흥댐의 연혁과 관계 자료들이 소장돼 있는 물문화관에 들렀다. 전시된 작품 중에 나의 졸저『다시는 고향에 돌아갈 수 없으리』라는 책자도 진열되어 있었다. 이 책자는 수몰된 유치면의 역사와 지리, 문화 등 모든 분야가 망라된 역사서나 다름없는 것이었다. 1998년 '제

34회 신동아 공모 1천만 원 고료 논픽션'에 당선한 작품 〈유치여 안녕〉인데 분량을 늘리고 자료 사진을 첨가하여 단행본으로 출간한 것이다.

"일제도 패망했고 나라도 되찾았으니 토론의 대미를 장식할 시간이 된 것 같아."

댐의 둑을 거닐다 말고 B가 내게 하는 말이었다.

"아냐, 현안으로 대두된 또 한 가지 이슈가 있어."

나는 강경한 어조로 가로막았다.

"그게 뭔데?"

"독도 영유권 문제야."

"그래? 난 울릉도는 가 보았지만 독도를 가보지 못했어. 그 방면에는 아는 게 별로일세. 자네 얘기를 경청하겠네."

"왜? 패키지 상품은 거의가 울릉·독도 한 묶음이었을 텐데?"

"가는 날이 장날이더라고 독도를 탐방하기로 한 날 풍랑이 거셌거든. 울릉도에서 하루 동안 발이 묶였다가 돌아오고 말았다네."

"나도 딱 한 번 다녀왔을 뿐이라네."

내가 울릉도와 독도를 방문한 것은 꽤 오래 전 일로 7~8년은 된 듯싶다. 산악회의 일원으로 행사에 참여한 것이었다. 후포항에서 울릉도 도동항으로 가는 여객선을 탔는데 그날따라 풍랑이 거셌다. 거의 초죽음 상태가 된 승객도 많았다. 기상 악화로 1주일이나 결항되었던 터라 승객은 초만원이었다. 여행사의 일

정표에는 첫날 오후에 도동항 도착, 숙소에 여장을 풀고 인근의 관광지를 둘러보고. 2일째에 본격적인 울릉도 투어에 임하며 독도 탐방은 3일째 마지막 일정이라 하였다. 도동항에 도착하자 가이드가 마중 나와 있었다. 숙소에 여장을 푼 후 도동항 인근 탐방에 임했다.

전세버스에 오르자 가이드의 설명이 있었다.

"울릉도는 삼무오다(三無五多)의 섬이라고 합니다. 삼무란 도둑, 뱀, 공해가 없다는 뜻이고 오다는 향나무, 바람, 미인, 물, 돌이 많다는 의미입니다. 언제적 얘기인지는 모르지만 현재는 꼭 그렇지만은 않습니다. 울릉도는 1읍 2면 체제로서 울릉읍, 서면, 북면으로 나뉩니다. 그리고 3개의 관광지구가 있습니다. 나리분지지구, 봉래폭포지구, 사통새각단지구, 이렇습니다. 볼거리를 행정 단위별로 분류하면 울릉읍은 풍혈, 울릉도향나무, 정매화곡쉼터, 내수수전, 몽돌해변, 내수전일출전망대, 금강원, 흑비둘기서식지, 사동케이블카, 독도박물관, 약수공원, 사구내미, 사구너머, 행남죽도관광지구, 봉래폭포지구, 저동항, 촛대암 등이고, 서면은 통구미해변, 태하낚시터, 사자바위, 거북바위, 태하등대, 황토굴, 너도밤나무군락지, 남서일몰 전망대, 통구미터널 등이며, 북면은 현포항, 너와집, 투망집, 석포전망대, 코끼리바위 등입니다."

첫날은 이렇게 저동항과 울릉비행장 조성 예정지 등 근거리 관광을 마치고 숙소로 귀환했다.

울릉도는 경북 죽변에서 140km, 포항에서 217km, 강원도 묵호에서 161km 지점에 위치하며 면적은 72.9km², 인구는 1만 명이 조금 넘는다. 기록에 의하면 울릉도는 512년 신라 지증왕 때부터 우산국이라 불렀다. 930년 고려 때는 우릉도, 혹은 우릉성 등으로 불리었고, 일본에서는 메이지 유신 이후에 마쓰시마라고 칭했다. 1157년 고려 의종 때 주민들을 이주시키려 하였으나 실행에 옮기지 못하고 줄곧 공도(空島)정책이 시행되었다. 조선 숙종조부터 순찰을 강화하며 관리 중이다가 1882년 고종 때에 이르러 울릉도 개척령이 공포되자 이민을 추진하였다. 1900년 울도군으로 개칭하면서 강원도에 소속되었다가 1906년 경상남도에 편입되었다. 1914년 일제의 전국 행정구역 개편 때 경상북도로 이속시켰다. 1915년 제주도와 더불어 명칭 말미에 섬 도(島) 자를 쓰다가 1949년 대한민국 정부 수립 후 울릉군으로 환원하였고 1979년에 남면이 울릉읍으로 승격하였다. 울릉도의 연혁이었다.

독도의 연혁은 울릉도의 것과 겹친 부분이 많았다. 독도는 울릉도와 일본의 오키노시마 사이에 위치해 있는데, 두 개의 바위섬으로 이루어져 있다. 독도는 울릉도에서 동남쪽으로 87km 지점, 오키노시마에서 서북쪽으로 157km 지점에 위치한 화산섬이다. 동도와 서도, 두 개의 섬과 89개 부속 도서로 구성돼 있다는데 두 개의 바위섬 말고는 보이는 게 없었다. 2019년 말 기준, 주민등록상 등록 인구는 3,555명이고 59명의 상주 인구는 독도

경비대원, 항만청 소속 등대원, 울릉군청 공무원들이다. 주민등록상으로 등재된 주민들은 앞으로 혹시나 있을지도 모르는 국제 분쟁에 대비하기 위해 자원한 애국지사들이라 한다. 독도에 맨 먼저 발을 내디딘 사람은 1965년 2월에 입도한 최종덕이다. 그는 1981년 10월 주민등록을 마치고 독도 주민 1호가 되었다.

독도는 그냥 독도라고만 불렀는데 2000년 4월 7일 행정구역 개편 때 울릉군 독도리가 되었다. '울릉도 울릉읍 독도 이사부길 55'가 지금의 행정 주소이다. 독도는 천연기념물 336호로 지정되었다.

독도는 예전에는 삼봉도, 우산도, 가지도, 요도로 불리었는데 1881년(고종 18년)부터 독도라고 불렀다. 일본은 조선 숙종 때 울릉도를 승인하면서 그 속도(屬島)인 독도도 함께 인정하였다. 일본은 1905년 을사늑약으로 조선이 사실상 자신들의 식민지가 되자 독도를 자기네 영토로 치부하며 시네마현고시에 다케시마, 죽도(竹島)로 명명 등재하였다. 그러나 2차 세계대전 종전 후 연합국이 맥아더 라인을 설정할 때 독도는 조선 어구(漁區)라고 분명이 명기하였다. 광복 이후인 1949년 12월 29일 대일본조약 당시 일본 영토로 잠시 명기하였으나 1950년 8월 7일 체결된 대일평화조약 때 한국령으로 정정되었다.

아래는 독도가 한국령이라는 역사적인 기록이다.

512년 신라 지증왕 13년 : 우산국이 신라에 귀속

1417년 조선 태종 20년 : 왜구 출현으로 주민 쇄환정책 시행

1454년 단종 2년 : 세종실록 '지리지'에 울릉도, 독도 내용 수록

1694년 숙종 20년 : 조선인 장한상이 울릉도를 순찰, 위치 설명

1697년 숙종 23년 : 2~3년 간격으로 울릉도 수토 시작

1882년 고종 19년 : 개척령 발표와 함께 주민 이주정책 실시

1900년 고종 광무 4년 : 강원도 울도군 설치

1952년 이승만 정권 당시 평화선 설정으로 독도를 대한민국 영토라
고 전세계에 선언

1953년 독도 의용경비대를 조직 : 독도 경비

1956년 경비를 울릉경찰서 독도경비대에 인계

1981년 독도 주민등록 최초 전입 : 최종덕 (울릉도 도동리 69)

2005년 9월 : 지번 변경 (산1 - 37번지를 산1 - 96번지로)

 기록에 의하면 숙종 19년에 좌수영 소속의 병사로 근무했던
안용복이 어업을 위해 울릉도에 입도했다가 일본 어부들과 다
툼으로 납치되었다. 1895년 조정에서는 울릉도에 도감을 두어
행정을 관할하였다. 당시 울릉도에는 일본인들이 63호나 들어
와 살고 있었는데, 그들은 규목(槻木) 도벌로 재미를 보고 있었
다. 그러나 당시 조선의 힘이 약했으므로 이를 저지하지 못했다.
러일전쟁이 일어나기 직전, 일본은 이곳에 해군 망루를 세우고
혹시 남하할지도 모르는 러시아군의 동태를 살피기 위해 무선
전신 장치를 설치할 계획을 세웠다. 조선의 국운이 다해 가는
1905년 1월에 일본은 일방적으로 독도를 자국의 영토로 선언하

였다. 더 나아가 조선통감부는 한일어업협정과 한국어업법을 제정 공포하면서 조선 어부들의 조업은 까다롭게 하였고 일본 어부들에게는 특권을 주었으므로 황금어장은 고스란히 일본 어민의 독차지가 되었다.

울릉도 관광 2일째, 일찍부터 울릉도 관내 관광에 나섰다. 시계 방향으로 길을 잡았다. 먼저 성인봉으로 향했다. 섬 전체는 어디를 가도 절경이었지만 성인봉 가는 길은 더욱 그랬다. 성인봉은 해발 986m이며 섬의 한 중앙에 위치한다. 산의 북쪽 사면의 원시림지대에는 특산 식물 36종을 포함하여 3백여 종의 식물이 분포돼 있다. 입맛을 돋우는 방풍나물을 비롯한 나물류가 지천이다. 울릉도 산채 정식으로 점심을 먹고 구간 구간이 잘린 해안도로 관광에 들어갔다. 당시는 완전한 일주도로가 아니었는데 최근 완공으로 완전 개통되었다는 보도를 접한 바 있다. 북면 현포리에 1970년대와 80년대를 풍미했던 쎄시봉의 가수 이장희가 터를 잡고 있었다, 그곳에는 관광객들을 위한 간이공연장도 있었다. 경상북도 당국에서는 이장희 거소 부근을 개발하여 7080 가수들을 위한 특설공연장을 만들어 주기로 했다는 최근 뉴스도 있었다. 아무튼 울릉도는 섬 전체가 모두 관광 상품 일색이었다. 공항만 마련된다면 제주도 못잖은 훌륭한 관광지로 거듭날 것으로 기대되었다.

마지막 독도 탐방의 날. 새 아침이 밝아오고 있었다. 해상은 고요하고 파도는 잠잠했다. 자장가를 틀어 놓는다면 저절로 잠이 들 것만 같았다. 햇볕도 쨍쨍하고 날씨는 최상이었다. 여객선은 도동항을 출발했다. 원양으로 나오자 사방이 암청색 그대로인 망망대해만 보였다. 맑은 날이면 울릉도에서도 독도가 아스라이 바라다보인다는데 황사가 끼어서 그런지 시야에 포착되지 않았다. 수평선 저쪽에서 경비정 한 척이 모습을 나타냈다가 어느새 사라져 버렸다.

한 식경을 가자 수평선 저쪽에서 가물가물 검은 물체가 떠오르고 있었다. 두 개로 보이는 물체는 바로 독도의 두 섬이었다. 와! 와! 승객들 모두 갑판으로 뛰쳐나와 환호성을 올렸다. 마침, 선착장이 비어 있어 여객선은 쉽게 접안할 수 있었다.

"오늘 승객 여러분들께서는 복을 타고 나신 분들입니다……."

구렛나루 선장의 선내 방송이었다. 독도 선착장은 겨우 대형 여객선 1대밖에 접안할 수 없는 시설이므로 배가 여러 척이 들어오면 순번을 기다려야만 하였다. 섬에는 발도 붙여보지 못하고 섬 주변을 맴돌다가 돌아가는 경우도 허다하고 설사 선착장이 비어 있다 하더라도 파도가 심하면 접안을 할 수 없다는 것이다.. 그래서 털보 선장이 복타령을 하였던가 보았다.

독도의 분쟁 요인

　독도를 제대로 알자면 최근 이슈로 부상한 분쟁 요소를 냉철하게 살펴볼 필요가 있다. 현재는 한국이 발 빠르게 움직여 독도의 모든 것을 선점(先占)하고 통치 중이지만 언제 상황이 바뀌게 될지는 아무도 모른다. 그러자면 국방력을 강화하고 국민 모두가 '독도 지킴이'가 되어야 한다. 이완용 같은 매국노의 출현도 경계하여야 한다는 점이 나의 지론이기도 하다.

　영토 분쟁의 경우, 제소가 되면 네델란드 헤이그에 있는 국제사법재판소라는 곳에서 중재와 재판을 하는데 그 중요 포인트는 영토의 선점 여부를 비롯하여 거주 인구 숫자, 개척 상황도 결정적인 역할을 한다는 것이다. 대한민국 경찰청 소속의 독도

경비 대원 및 등대 관리원, 울릉도 관할 공무원 등을 상주케 한 민간인 이주 정책은 선견지명의 계책이 아닐 수 없다. 노무현 정부 때 식수, 통신 등 각종 기반시설과 어민 숙소, 기상 악화에 대비한 방파제 축조, 헬리포트 건설, 그리고 최고 5천톤 급 이상의 선박이 접안할 수 있는 부두 시설을 마련하였으니 금상첨화 격이었다.

간혹, 해외 매체를 통해 보도되는 내용 중에 '리앙크루'라는 어휘가 있다. 리앙크루는 지명이 아니고 프랑스어로 암초라는 뜻이라 한다. 한일 당사국 외의 제3자가 어느 편도 들기 곤란할 때, 독도를 언급하기 위한 수단으로 이 어휘가 사용된다는 것이다.

독도가 자기 영토라고 우기는 일본의 주장에 대해서 대한민국 국민 모두가 분노한 까닭은 다름이 아니다. 간특한 일제가 러일전쟁의 와중에서도 독도를 은밀하게 흡수하였고, 을사늑약, 경술국치 등 주권 상실의 힘 빠진 기회를 노린 떳떳치 못한 행동 때문이었다. 그처럼 불평등 조약으로 야욕을 채웠음에도 지금까지 일말의 반성도 없는 뻔뻔함 또한 분노 야기에 일조를 하였다.

태평양전쟁 패전 후 일제는 불법 강점하였던 영토 모두를 당사국에 돌려주었는데도(러시아에게는 사할린 열도를, 중국에게는 만주와 요동반도를, 대만과 남태평양 여러 섬들도 각기 주인에게 돌려주었는데) 유독 한국령 독도만은 예외로 치며 물고 늘어지는 것은 그 무슨 심뽀인가? 광복 이후 설정된 맥아더 라인이나 이승만 정부가 정한 '평화선' 모두는 독도가 한국 영토로 명시되어 있지 않던가 말이다.

솔직히 말해서 우리 정부에게도 일말의 책임은 있다. 1965년 군사 혁명으로 집권한 박정희 정권은 일본에 대한 수교 문제와 배상금 청구 협상에 임할 때 조급하였다. 승전국 자세를 유지하며 당당했어야만 하는데 국토 개발 자금 확보에 급급하여 너무나 많은 양보를 한 불찰이었다.

지피지기 차원에서, 독도를 자기네 땅이라고 주장하는 일본의 반론을 들어볼 필요가 있다. 그네들은 말하기를 '독도는 조선이 일제에 병합되기 훨씬 전인 17세기경부터 자신들이 실효 지배하고 있었으며, 1905년 을사늑약 당시 양국의 협의 하에 주인 없는 땅이었던 독도를 시네마현에 편입하였다'는 궁색한 변명으로 일관하고 있는 것이다.

일본과의 영토 분쟁 단초는 조선인 독도 최초 어부 '안용복 납치사건'으로부터 비롯되었다. 1693년부터 1696까지 안영복은 독도에 거주하면서 해산물을 잡았다. 안영복은 숙종 19년에 좌수영 소속의 병사로 근무하다가 생업을 위해 울릉도에 입도했는데 일본 어부들과 다툼이 잦았다.

일본 측에 납치된 그는 관백 앞에서 당당하게 독도는 우리 땅이라고 강변하여 일본 관백으로부터 일본 어민의 출어를 불허한다는 서계(誓戒)를 받고 풀려났으나 그 서류를 대마도 도주에게 빼앗기고 월경죄로 감금당한 일이 있었다. 감금에서 풀려난 그는 일본으로 건너가 울릉도와 독도가 우리의 영토임을 인정

받고 돌아왔다.

그후의 기록으로는, 1900년 5월 30일 한일합동조사단이 조사에 나섰는데 목적은 울릉도에 무단 입도하여 행패를 부리는 일본인을 색출하고 그 대책을 세우고자 함이었다. 조사단의 한국측 대표는 내무 우용정이었고 일본 측은 부산 주재 쇼스케 아카스카였다.

1, 2차 한일어업협정

한일어업협정은 1965년과 1998년 두 차례에 걸쳐 이루어졌다. 1965년에 맺어진 1차 협정은 한일국교정상화의 일환으로 공식 명칭은 '대한민국과 일본 간의 어업에 관한 협약'이었다.

1차 어업협정의 주요 내용은 다음과 같다.

1. 자국 연안 기선(基線)으로부터 12해리 이내의 수역을 자국이 어업에 관하여 배타적 관할권을 행사하는 어업 전관 수역으로 설정할 것.
2. 한국 측 어업수역의 바깥쪽 주위에 공동수역을 설정하고 어업자원 보호를 위한 규제조치를 강구할 것.

3. 어업수역 바깥쪽에서의 단속 및 재판 관할권에 대해서는 어선이 속하는 국가가 행사할 것. (기국주의)

4. 협정의 목적을 달성하기 위하여 양국 어업공동위원회를 설치하고 필요한 임무를 수행할 것.

5. 공동자원조사구역의 설정.

6. 분쟁 해결 방법

그러나 일본은 유엔에서 1996년 200해리 EEZ제도를 선택 선포한 〈유엔해양법협약〉 발효를 핑계로 한국과 1965년에 맺은 어업협정을 일방적으로 종료시키고 말았다. 사정이 그러하였으므로 급변하는 국제 정세에 따라 새로운 어업협정이 필요해졌다. 한일 두 나라가 1965년에 맺은 어업협약은 새로운 국제 어업 환경에 맞게 정비하지 않으면 안 되었다,

이에 따라 한일 양국은 새로운 어업협정을 위해 1997년에 7차례, 1998년에 8차례의 공식 협상을 거쳐 10월 9일 가서명하고 11월 28일 정식 서명하였다. 1999년 1월 6일 국회 비준을 거쳐 1월 22일부터 발효하였다. 그러나 그 내용이 일본에게 유리하고 한국에게 불리하게 되었다는 주장이 국내에서 강하게 표출되었다.

독도가 한국 영토로 규정되는 국제법상의 유력한 근거는 '독도가 울릉도의 부속 섬'이라는 사실에서 기반하는데 2차 한일협정 때 울릉도와 독도를 별개의 섬으로 분리시켰기 때문에 나중에 문제가 될 소지가 다분하다는 점, 그 외 중간 수역에 포함된

어장 중 절반은 경제성이 별로이고 경제성이 두드러진 제주도와 일본 사이의 경계선은 일본에게 유리하게 설정되어 한국 어민들의 손해, 즉 국가적으로 손해를 가져왔다는 점, 또 독도를 중간 수역으로 규정하였기 때문에 일본 어선이 독도 근해까지 와서 조업을 하더라도 저지할 근거가 없어져 버린 것이라는 해양학자들의 주장도 있었다.

한일 양국이 어업 구역을 정하는 데 있어서 애로 사항이 많은 것 또한 사실이었다. 양측의 배타구역은 쉽게 양해되었지만 독도 포함 구역만은 쌍방 간의 이해관계가 얽혀 있어 타결이 어려움으로 양국은 임시변통으로 그 지역을 중간수역으로 정해 함께 조업할 수 있도록 하여 타결하였던 것이다. 한국 국민들은 '독도는 명확한 우리 땅인데 무슨 소리냐? 독도 관련 권리를 조금이라도 내어준다면 향후 영유권 다툼에 큰 불씨가 될 가능성이 크다'며 헌법소원까지 제기하였는데 그 결말은 어찌되었는지 알 수 없다.

당시 협상 과정에서 어떤 수단과 방법을 동원해서라도 독도 문제를 결론지었어야 하는데 그러지 못한 일은 두고두고 후회되는 일이었다. 1999년은 1997년부터 집권한 김대중 정부 시절이었다.

독도는 세계적으로 몇 안 되는 강치의 서식지였다. 이와 같은 협정 때문에 최신 어업기술을 보유한 일본 어선들이 독도의 '강치'를 마구잡이로 남획하여 멸종의 경지에 이르게 하였으니 이

또한 통분할 일이 아닐 수 없다. 강치는 바다사자의 별칭인데 몸집은 우람하지만 동작은 민첩하여 '날쌘돌이'라고 귀염 받았던 바다동물이다. 독도의 강치는 1940년대부터 점점 귀해지다가 1970년 이후부터 마침내 이 해역에서 자취를 감췄고 이 세상에서 멸종되었다고 공식 선언된 바 있다.

몸길이 25m, 무게 450kg 정도인 포유류 강치는 문학작품의 소재도 되었는데, 일본의 무라카미 하루키와 한국의 백시종 작가가 소설로 다룬 바 있다.

우리가 탑승한 여객선은 무사히 독도 부두에 접안하였다. 축구장 두어 개 정도의 부두에 내려 섬 전체를 바라다보는 감회는 정말 감개무량이었다. 조국 광복을 맞아 고국땅을 밟은 김구 선생의 심정이 이러했을까? 그런 생각도 해보았다.

일반 탐방객은 섬 안이 접근 불가여서 경비병이 보초를 서고 있는 선착장 주변만 맴돌 수 있었다. 관광객들 거의는 태산처럼 근엄하고 돌부처처럼 무표정한 상태로 보초를 서고 있는 초병 주변으로 몰려가 기념 촬영하기 바빴다. 개구쟁이 심리가 발동한 나는 장난삼아 초병의 허벅지를 살며시 만졌으나 초병은 미동도 하지 않았다.

우리보다 뒤늦게 도착한 여객선 한 척이 접안을 못 하고 주위를 맴돌고 있는 게 바라다보였다. 손님이 붐비는 맛집에서 빨리 자리를 비워 줘야 하는 겸양의 자세가 필요한 시점이었다. 여객선에서 부웅! 부웅! 뱃고동 소리가 연거푸 울리고 있었다. 빨리 자리를 비워 달라는 신호 때문인지 마음이 조급해졌다.

반시간 남짓 접안 시설에서 서성이던 우리 일행은 발걸음을 돌리지 않으면 안 되었다. 독도여 안녕! 승선하는 우리 모두는 두 손을 흔들며 독도와 작별인사를 하고 있었다.

굳세어라! 독도여, 부디 안녕!

나는 독도의 앞날이 무탈하고 건강하기를 마음속으로 빌고 또 빌었다.

"이제 끝이야. 이번 우리의 토론이 자네에게 조금이나마 유익했으면 좋겠네."

후유! 나는 심호흡을 내뱉으며 B에게 말하고 있었다.

"벌써, 아쉬운 대단원의 막이 내렸다고? 며칠 동안 고품격 강의를 하느라 고생 많았네. 한일 현안에 대한 프로에 패널로 초청받은 내 입장에서 자네의 강의는 크게 도움이 될 것 같네."

그가 패널로 초청 받았다는 사실은 처음 듣는 얘기여서 나 자신도 놀랐다.

사실, 그동안 B의 행동에 이상스런 점이 많았다. 이미 알고 있음직한 기본적인 역사까지도 초딩처럼 되묻는 등 아무튼 수상한 점이 한두 가지가 아니었는데 나름 속셈이 있었던 것이었다.

"난 아무래도 내일은 상경해야 할 것 같아. 학술지에 실릴 원고 마감이 임박했거든."

내가 말하자 B도,

"나도 그렇게 해야겠어."

내 말에 동의하였다. 내가 또 말했다.

"그럼, 내일 오전에 함께 출발하는 걸로 하세. 멀리 송정역까지 갈 필요는 없네. 읍내 정류장에서 하루 두 차례 출발하는 서울행 직통 고속 버스가 있다고 하니 그 편을 이용하면 좋을 것 같아."

우리 두 사람의 3박 4일 간 고향 체류 일정은 이렇게 마무리되었다.

요즘 세상 돌아가는 걸 보면 정말로 요지경 속이다. 까딱 발을 헛디뎠다가는 어떤 불구덩이로 떨어질는지 겁부터 난다. 2년째 끌고 있는 러시아의 우크라이나 정복 작전이 그렇고, 인종 분쟁으로 야기된 팔레스타인의 하마스와 이스라엘 간의 충돌로 수많은 사람이 죽거나 고통을 겪고 있다. 이어 동북아 정세 역시 불안하기 짝이 없다. 세계 각국은 군비 확장에 혈안이고 약육강식의 비정한 세상이 되었다.

우리의 경우도 마찬가지이다. 협상의 테이블을 박찬 후 미사일 발사며 핵 실험으로 불안을 조성하던 북한은 이제는 군사정찰위성까지 발사하여 남북 관계는 물론 세계질서까지 위협하고 있는 때문이다. 유사 이래로 앙숙관계였던 일본과의 관계는 어떠한가? 미완의 위안부, 강제 노동자 문제는 현재진행형이고 후쿠시마 원자로 오염수 처리라는 새로운 현안은 세계적인 이슈로 부상했다. 잠시 수면 아래로 가라앉은 독도 영유권 주장 역시 언제 터질지 모르는 휴화산이다.

한일 양국은 북한의 미사일 도발, 핵 위협에 맞서기 위해서 당분간은 손을 잡고 있지만 일본이 언제 어떻게 변할는지 모른다. 양면의 칼날과도 같아서 어쩐지 찜찜하기만 하다.

요즘 우리의 MZ세대들은 일본에 대해서 너무 아는 게 없다. 일본은 과연 어떤 나라인가? 그들의 간교하고 얄팍한 처사에 우리 선조들은 얼마나 당하고만 살았는지를 잘 알지 못하는 것이다.

일본은 일찍이 해적(왜구)이 되어 우리 한반도를 수없이 유린하였고 수습의 국면에 임하여서는 애걸복걸하다가도 정세가 유리해지면 급변하여 신의를 저버린 일이 어디 한두 번이었던가.

가야국의 일원인 임나국을 자기의 나라라고 우기고 임진난 때는 '명나라를 칠 테니 길을 빌리자(征明假道)'는 명분으로 7년 동안이나 전화에 시달리게 하더니 구한말 국운이 쇠퇴해지자 '함포 개항'이라는 서양의 무력 침탈 방법을 모방하지 않았던가. 쇄국으로 빗장을 건 흥선대원군을 겁박하여 강화의 문을 열게 하고는 내정 간섭을 하다가 종내는 청일전쟁을 일으켜 조정을 장악, 국모를 시해하지 않았던가. 마침내는 국권을 찬탈해 반만년 유구한 우리 영토를 35년 동안이나 식민지 삼은 만행 등 일일이 열거할 수조차 없다.

인간은 누구나 지난 일을 알 수 없다. 그러면 어떻게 과거를 알게 되는가? 역사를 배우기 때문이다. 역사는 어디에 있는가?

책 속에 들어 있다. 그래서 온고이지신(溫故而知新)이라는 철리가 생겨난 것이다. 지난 일을 교훈 삼아 현실에 대응하여 다시는 그런 어리석은 전철을 밟지 않기 위함이 아니던가! 무슨 말이 더 필요하겠는가.

 이번에 상재한 졸작 『빼앗긴 제국』은 우리 국민, 특히 자라나는 청소년들에게 널리 읽혀져 일본과의 관계를 깊이 새겼으면 하는 바람에서 집필한 것이다. 이미 알려진 역사적인 사실은 물론 감춰졌던 비사까지 발굴하여 집대성하였고 이해도를 높이기 위해 대담 형식을 취했으며 연대적으로 일목요연하게 정리하였으니 애국하는 셈치고 일독을 바란다.
 끝으로 〈문학특구 포럼〉 창작지원금 지원대상자로 선정해 주신 〈장흥문화원〉과 출판에 적극 협력해 주신 청동거울 조태봉 대표님께 감사드린다.

2023년 세모에

저자 신동규 배